U0010290

彰化學 010
王白淵
荊棘之道

莫　渝◎編

晨星出版

【叢書序】

啓動彰化學
——共同完成大夢想
林明德

　　二十多年來，台灣主體意識逐漸抬頭，社區營造也蔚為趨勢。各縣市鄉鎮紛紛編纂史志，大家來寫村史則方興未艾。而有志之士更是積極投入研究，於是金門學、宜蘭學、澎湖學、苗栗學、台中學、屏東學……，相繼推出，騰傳一時。

　　大致上說來，這些學術現象的形成過程，個人曾直接或間接參與，於其原委當有某種程度的了解，也引起相當深刻的反思。

　　一九九六年，我從服務二十五年的輔大退休，獲聘於彰化師大國文系。教學、研究之餘，仍然繼續台灣民俗藝術的田調工作。一九九九年，個人接受彰化縣文化局的委託，進行為期一年的飲食文化調查研究，帶領四位研究生進出二十六個鄉鎮市，訪問二百三十多個飲食點，最後繳交《彰化縣飲食文化》（三十五萬字）的成果。

　　當時，我曾說過：往昔，有一府二鹿三艋舺的符碼；今天，飲食文化見證半線風華。這是先民的智慧結晶，也是彰化的珍貴資源之一。

　　彰化一帶，舊稱半線，是來自平埔族「半線社」之名。清雍正元年（1723），正式立縣；四年（1726）創建孔

彰化學

廟，先賢以「設學立教，以彰雅化」期許，並命名為「彰化縣」。在地理上，彰化位於台灣中部，除東部邊緣少許山巒外，大部分屬於平原，濁水溪流過，土地肥沃，農業發達，有「台灣第一穀倉」之美譽。三百年來，彰化族群多元，人文薈萃，並且累積許多有形、無形的文化資產，其風華之多采多姿，與府城相比，恐怕毫不遜色。

二十五座古蹟群，各式各樣民居，既傳釋先民的營造智慧，也呈現了獨特的綜合藝術；戲曲彰化，多音交響，南管、北管、高甲戲、歌仔戲與布袋戲，傳唱斯土斯民的心聲與夢想；繁複的民間工藝，精緻的傳統家俱，在在流露令人欣羨的生活美學；而人傑地靈，文風鼎盛，舊、新文學引領風騷，成果斐然；至於潛藏民間的文學，既生動又多樣，還有待進一步的挖掘與整理。

這些元素是彰化的底蘊，它們共同型塑了「人文彰化」的圖像。

十二年，我親近彰化，探勘寶藏，逐漸發現其人文的豐饒多元。在因緣俱足之下，透過產官學合作的模式，正式推出「啟動彰化學」的構想。

基本上，啟動彰化學，是項多元的整合工程，大概包括五個面相：課程設計結合理論與實際，彰化師大國文系、台文所開設的鄉土教學專題、台灣文化專題、田野調查、民間文學、彰化縣作家講座與文化列車等，是扎根也是開拓文化人口的基礎課程，此其一；為彰化學國際化作出宣示，二〇〇七彰化文學國際學術研討會聚集國內外學者五十多人，進行八場次二十六篇的論述，為彰化文學研究聚焦，也增加彰化學的國際能見度，此其二；彰化師大文學院立足彰化，於人文扎根、師資培育、在職進修與社會服務扮演相當重要

角色，二○○七重點發展計畫以「彰化學」爲主，包括：地理系〈中部地區地理環境空間分析〉、美術系〈彰化地區藝術與人文展演空間〉與國文系〈建置彰化詩學電子資料庫〉三個子題，橫向聯繫、思索交集，以整合彰化人文資源，並獲得校方的大力支持，此其三；文學院接受彰化縣文化局的委託，承辦二○○七彰化學研討會，我們將進行人力規劃，結合國內學者專家的經驗與智慧，全方位多領域的探索彰化內涵，再現人文彰化的風貌，爲文化創意產業提供一個思考的空間，此其四；爲了開拓彰化學，我們成立編委會，擬訂宗教、歷史、地理、生物、政治、社會、民俗、民間文學、古典文學、現代文學、傳統建築、傳統表演藝術、傳統手工藝與飲食文化⋯⋯等系列，敦請學者專家撰寫，其終極目標乃在挖掘彰化人文底蘊，累積人文資源，此其五。

　　彰化師大扎根半線三十六年，近年來，配合政策積極轉型爲綜合大學，努力參與社區總體營造，實踐校園家園化，締造優質的人文空間，經營境教，以發揮潛移默化的效果，並且開出產官學合作的契機，推出專案，互相奧援，善盡知識分子的責任，回饋社會。在白沙山莊，師生以「立卦山福慧雙修大師彰師大，依湖畔學思並重明德化德明。」互相勉勵。

　　從私立輔大退休，轉進國立彰師大，我的教授生涯經常被視爲逆向操作，於台灣教育界屬於特例；五年後，又將再次退休。個人提出一個大夢想，期望結合眾多因緣，啓動彰化學，以深耕人文彰化。爲了有系統的累積其多元資源，精心設計多種系列，我們力邀學者專家分門別類、循序漸進推出彰化學叢書，預計每年十二冊，五年六十冊。並將這套叢書獻給彰化、台灣與國際社會。

　　基本上，叢書的出版是產官學合作的最佳典範，也毋寧是台灣學的嶄新里程碑。感謝彰化縣文化局、全興、頂新、帝寶等文教基金會與彰化師大張惠博校長的支持。專業出版社晨星的合作，在編輯、美編上，爲叢書塑造風格，能新人耳目；彰化人杜忠誥教授，親自題寫「彰化學」三字，名家出手爲叢書增色不少，在此一併感謝。

　　回想這套叢書的出版，從起心動念，因緣俱足，到逐步推出，其過程眞是不可思議。

　　「讓我們共同完成一個大夢想吧。」我除了心存感激外，只能如是說。

·林明德（1946～），台灣高雄縣人。國立政治大學中文博士。現任國立彰化師範大學國文學系教授兼副校長。投入民俗藝術研究三十年，致力挖掘族群人文，整合民俗藝術，強調民俗是一切藝術的土壤。著有《台澎金馬地區區聯調查研究》（1994）、《文學典範的反思》（1996）、《彰化縣飲食文化》（2002）、《阮註定是搬戲的命》（2003）、《台中飲食風華》（2006）。

【代序】

嗜美的詩人——王白淵論

莫 渝

一、生平

　　王白淵，一九〇二年十一月三日出生於彰化二水，就讀二八水（「二水」舊稱）公學校，台北國語學校師範學校（台北師範學校、台北師範專科學校、國立台北師範學院等前身），一九二一年三月畢業後，返鄉任教，一九二三年四月負笈日本，進入東京美術學校圖畫師範科（「東京藝術大學」前身），一九二六年四月畢業，擔任岩手縣盛岡市女子師範學校教職。一九三一年六月出版日文著作《棘の道》，隔年三月，籌組「台灣人文化社團」，因左傾思想的嫌疑，九月間，被日警逮捕入獄，未久，釋放，然教職已遭解聘；隨即抵東京，與友人籌組「台灣藝術研究會」，一九三三年三月成立，七月出刊《福爾摩沙》日文雜誌。同時期（1933年7月），離日轉往上海，任職於通訊社；一九三五年獲聘任教上海美術專科學校，乃居留上海；一九三七年，日本在上海發動「八一三事件」，遭日軍逮捕送回台灣，關入台北監獄，一九四三年六月出獄。戰後，供職於台灣新生報、人民導報、台灣文化協進會、紅十字會等。一九四七年春天「二二八事件」後，一再受到牽連，坐牢三次。一九六五年十月三日（農曆9月9日），因尿毒症病逝台大醫院。除日文詩文集《棘の道》外，另有中文論著《台灣演劇之過去與現在》（1947）和《台灣美術運動

史》（1955）等重要文獻史料的發表。

二、詩興的迸發及《棘の道》的寫作與出版

　　王白淵到日本主要因素，是閱讀日人工藤好美的論著《人間文化的出發》，其中〈密列禮讚〉乙篇使他的人生起了「重大底轉向」。密列，即米勒（Jean-François Millet,1815～1875），是法國近代寫實畫家，以「播種者」、「拾穗」、「晚禱」、「荷鋤者」、「採收馬鈴薯」等農村畫聞名。來自農村身處鄉村的王白淵，心儀密列畫風和「清高的一生」，加上「我母親遺傳給我的美術素質所使然」（見王白淵〈我的回憶錄〉），這一年是一九二二年。當時，他開始研究及畫油繪，立志「想做一個台灣的密列，站在象牙塔裡，過著我的一生」（同上）。一年後，研究美術的心志更強烈，結果，就以台灣總督府的留學生到東京。

　　一九二三年四月王白淵抵達東京，進入東京美術學校；一九三一年六月出版日文著作《棘の道》（《荊棘之道》）；一九三三年七月離開日本，前往上海。在日本十年間，王白淵依居留地點與身分（角色），大約可以分三階段：

　　　　東京美術學生時期：1923.4～1926.12。
　　　　盛岡教師時期：1926.12～1932.11。
　　　　東京文化人時期：1932.11～1933.7。

　　這三階段也跟他「從美術到文學，從文學到政治、社會科學」三歷程有關。

　　東京美術學生的王白淵，原本沉迷於「象牙塔裡的美夢」，「天天很規矩地上課，只研究美術。」但是，東京的學術風氣，世界局勢的傳播，殖民地長大台灣青年的內在民族

意識，使他特別關心「中國革命與印度的獨立運動」，內心開始激盪著兩極——藝術與革命，理想與現實，「奔流一樣的感情，和澄清如水的理性」。

這時候，一九一三年獲得諾貝爾文學獎的印度「詩聖」泰戈爾（1861～1941），第三度到日本訪問。泰戈爾先後到日本四次：一九一六年、一九一七年、一九二四年、一九二九年。一九二四年春，泰戈爾接受中國邀請，四月十二日抵華，徐志摩作陪兼翻譯；五月廿九日，由徐志摩陪同離開上海去日本，七月離開日本，徐志摩專程送行至香港。

在東京的王白淵，先前同情印度的獨立運動，再親身感染日本朝野對泰戈爾的款待，以及閱讀他的詩與哲學，因而「非常敬慕這個東方主義的詩人」。詩的質素開始緩緩滲入王白淵的美術園圃裡，或者說，王白淵的美術園圃裡，增添了詩的質素／養料。

美術學生仍然是王白淵這時候的本業，但他悠遊涉獵更多的書刊，除日本文藝思潮與作品外，可能包括俄國杜斯妥也夫斯基（1821～1881）的小說、英國濟慈（1795～1821）的詩、中國老子與孔子及胡適的哲學、印度與古希臘相關書籍等。另一方面，他還和同年級生共同創辦蠟版油印刊物GON。

王白淵的思想慢慢形塑了。一九二六年三月，東京美術學校圖畫師範科畢業；同年八月廿九日完稿的論述〈靈魂的故鄉〉，是這時期思考的結晶，文長約兩千字。開頭，用感性的抒情文筆，陶醉於時節變化的田野：由蝴蝶翩翩的妍麗春景，引入對藝術的憧憬；由月下輕吟的秋蟲、蛙鳴的夏夜，發出對大自然妙曲的驚嘆。接著，從各民族歷史的演進，找出何種藝術是靈魂的故鄉。在此，王白淵提及：尼羅河的古埃及、恆河的印度、黃河的支那（中國）、文藝復興的義大利、供牧神潘恩奔馳的希臘原野……等，引錄前人的話有：泰戈爾強調的詩

· 王白淵　荊棘之道 · 008 ·

與友情是生命之甘泉，英國詩人濟慈的「美即是眞，眞即是美」，耶穌基督勸誡世人「瞧瞧野地裡的百合」的話。最後結論，綜合以上求得「眞理之籽」，展現「澄明的情感與自由的理性」，才是「靈魂之鄉」的勇者。

這篇〈靈魂的故鄉〉雖然有拼湊再組合的情形，王白淵仍肯定：

宇宙的意義是因爲醉心於白日夢。

剔除創造，人生剩餘什麼？無詩無創造的生活亦如荒漠。

在這樣的理論支柱，催發了稍後王白淵《棘の道》的寫作與出版。

一個偶然的機會，王白淵獲聘擔任岩手縣盛岡市「岩手女子師範學校」的教諭，這是一份正式教員的職務，該校爲培訓小學女教員的學校。對從殖民地長大，原本不平衡於殖民宗主國的這位台灣青年而言，至少有心理調適的壓服作用。一九二六年十二月十五日，王白淵到職，翌日，任職佈達（宣佈式），擔任美術教師，展開王白淵盛岡教師時期的階段，也是文學王白淵、詩人王白淵的創作活動時期。

另一方面，杜斯妥也夫斯基的小說《附魔者》（著魔的人們），描寫沙皇時代的俄國青年，奔赴革命的熱情，也撼動了王白淵。一九二七年五月十九日，王白淵以中文完稿〈吾們青年的覺悟〉乙文，刊載於《台灣民報》第一六三號（1927年6月26日），本文重點是從進化觀點，新陳代謝的自然之理，個人與社會關係，闡述思想運動和政治運動是社會運動的兩個車輪，演繹出青年的義務──吾們青年是社會中最新最活潑最有力的分子，百般改革皆由青年之手。

此外，一九二七年九月二十日完稿的〈詩聖泰戈爾〉乙

文，是王白淵首次提到「亞細亞」。他從印度文藝復興敘及泰戈爾其人其思想，最後喊出「亞細亞的黎明」（第四節）。

擺盪在「藝術與革命」兩極的王白淵，藉著〈靈魂的故鄉〉和〈吾們青年的

覺悟〉兩篇文章，找到了著力點。〈詩聖泰戈爾〉乙文則提供王白淵——這位想

進入殖民宗主國社會圈——生存的保護色，喊出「站起來！亞細亞的青年！……

讓老人回憶過去，我們上路吧！」多少帶有掩飾作用，這情況，在《棘の道》的〈序詩〉：「爲我們神聖的亞細亞」都是同等效力。

王白淵的詩興，何時迸發，東京美術學生的油印刊物GON，是否有王白淵的詩篇發表，已經很難明確得知。可以知道是：盛岡時期是詩人王白淵的活動時期。盛岡地區重要詩人石川啄木（1886～1912）的作品，王白淵在赴任前後應該有所接觸、閱讀，甚至感染到啄木描寫的自然風光，以及流浪落魄文人的哀傷心緒。（較王白淵稍晚的台籍詩人吳瀛濤、詹冰都有詩作，題贈啄木，可見啄木生前潦倒，死後詩名永存。）

他到職後一年，一九二七年十二月五日，該校《女子師範校友會誌》第五號出版，刊載王白淵論文〈詩聖泰戈爾〉和八首詩；第六號，刊載論文〈靈魂的故鄉〉和五首詩一篇短歌，往後幾期，陸續有詩文發表；最後，於一九三一年五月廿五日由盛岡市長內印刷所印製，一九三一年六月一日由盛岡肴町久保庄書店出版（發行）日文著作《棘の道》。

日文著作《棘の道》內容包括：

〈序〉（謝春木）

〈序詩〉（王白淵）

詩63首

〈偶像之家〉（短篇小説）

〈詩聖泰戈爾〉（論文）

〈人道鬥士——甘地〉（論文）

〈到明天〉（日譯左明的中文獨幕劇本）

〈贈印度人〉（詩）

〈站在揚子江〉（詩）

全書大約寫於一九二六或七年至一九三〇年之間，當中，一九二九或一九三〇年間，王白淵似乎曾應謝春木之約（謝春木於1929年4月至中國旅行），前往上海，因而有〈贈印度人〉、〈站在揚子江〉兩首詩，和獨幕劇本〈到明天〉的日譯。

三、王白淵詩藝探討

王白淵孜孜在意的是「靈魂之鄉」的歸屬，是詩的創造，是唯美的探索；他嚮往牧神潘恩自由奔馳於古希臘的原野，把英國詩人濟慈在〈希臘古甕頌〉的讚美，當作標鵠；如此，儘管有革命左傾的思想意念，實際行動卻遲疑；王白淵由美術的投入轉到文學的徘徊，但內涵仍保留最初的「象牙塔裡的美夢」，抒發個己的感情居多，甚少聽到與時代脈動一致的現實聲音。

《棘の道》總共有六十六首詩，就主題言，大體可以歸納成四類：一、吐納心懷，二、歌詠田野風光，三、人物禮讚，四、政治傾向。前兩類居多，第三類禮讚的歷史人物，包括畫家的梵谷（詩〈向日葵〉）、高更（詩〈高更〉）；宗教的釋迦和耶穌基督（詩〈零〉、詩〈仰慕基督〉）；思想家的盧梭（詩〈盧梭〉）；老子與孔子僅僅略筆帶過（詩〈零〉、

詩〈站在揚子江〉）。第四類政治傾向夾批判和呼口號性質的詩，僅〈序詩〉、〈贈印度人〉、〈站在揚子江〉等三首詩。

在〈我的詩興味不好〉，作者點明自己的詩是「心靈的標誌」、「心靈的記錄」、「心靈的殘滓」。〈藝術〉一詩同樣謙虛：「我的藝術沒什麼，只是在人生的畫布，一再重繪塗抹成黑色畫面，別人卻挑各自喜歡者加以陶醉。」如此態度，是作者的謙虛，也暗示作者（畫家）與讀者之間誤讀的鴻溝。

近乎延續論文〈靈魂的故鄉〉的起筆，沉迷於大自然的美麗風景，王白淵「歌詠田野風光」的詩篇有〈水邊〉、〈田邊雜草〉、〈蓮花〉、〈雨後〉、〈夜〉、〈蝴蝶〉、〈贈春〉、〈春之野〉、〈春朝〉、〈薄暮〉、〈贈秋〉、〈無題〉、〈秋夜〉、〈春〉等。〈無題〉能表明詩人王白淵的敏感度：

　　從落下的樹葉
　　我聽到
　　陌生人的聲音

　　從術蔭小鳥鳴囀
　　我聽到
　　美妙的自然音樂

　　從一隻鳥都不飛的蒼天
　　我看見
　　無表現的神底藝術

　　從路邊開的無名花
　　我看見

一個生命的尊貴

隨風吹
我踏上
禮讚自然之旅

　　全詩五節各三行的文詞，彷彿填詞似的，「禮讚自然」是歌詠田園與四季的最佳方式。王白淵的時代，鄉村田野的景觀尚無被工業化觸及，可以讓王白淵任意地揮灑塗繪。
　　詩集中，〈零〉一詩有極富哲理的內涵：

以曲線顯出無間隙
表現圓滿的你
原子之小也不及於你
重疊萬字數也不成為你
雖然如此你產生無限的數
是神還是魔術師
是佛還是惡魔
無而非無
是量比量多
為數卻非數的你底實體
無大之大
是沒深的深淵麼
老子於流浪之旅追逐你
釋尊入山欲見你的英姿
噢！不可知的驚異
永遠之謎
你將永遠繼續笑人類的無知

　　作者由「零」（O，圓圈）這個數字，加以哲理的探討，可以算是象形字詩的一種開創。詩中「是神還是魔術師」、「是佛還是惡魔」、「無而非無」這類的矛盾辯證，也出現在〈我家遠而近〉、〈兩股潮流〉等詩。

　　《荊棘之道》詩集內，依順序，第二首〈地鼠〉，王白淵頗為偏愛，戰後初期，曾親自翻譯（或改寫／重寫），發表於一九四五年十二月的《政經報》；面對「地鼠」，王白淵幾乎是膜拜的讚美：「抱著地上的光明／在黑暗裡摸索著」，似乎還暗示藝文工作者背後的辛酸。附帶說明，王白淵曾註明〈地鼠〉係一九二三年二月十八日脫稿，這日期能否改變台灣新詩史的推遠，暫時存疑。

　　〈詩人〉一詩最能表現盛岡初期，王白淵對藝術理念與經營，這時，他是象牙塔內的唯美藝術論者，是〈靈魂的故鄉〉的追尋者，因而，他說：詩人「吃著自己的美而死」，詩人寫詩「寫了又擦掉」，詩人「道出千萬人情思」：

薔薇默默開著
在無言中凋謝
詩人活得沒沒無聞
吃著自己的美而死

蟬子在空中歌唱
不問收穫而飛去
詩人在心中寫詩
寫了又擦掉

月亮獨個兒走著

照亮夜之黑暗
詩人孤獨地歌唱
道出千萬人情思
　　　　　（月中泉譯）

在全部六十六首詩中，蝴蝶意象出現的比例相當高，以
「蝴蝶」為詩題者有〈蝴蝶〉、〈蝴蝶向我細訴〉、〈蝴蝶
喲〉三首，另外，有十三首詩裡出現「蝴蝶」，與之搭配的時
節，大都在春季。是否意味盛岡時期的王白淵，在生活的安定
與感情的寄託，都有「春風得意人」的暗喻？

比王白淵晚六歲的楊熾昌（水蔭萍，1908～1994），在
一九三〇年代中期，以超現實主義推動台灣詩的新精神，其唯
美詩風與蝴蝶意象的表現，暗暗符合王白淵這時期的風格，可
惜，當時，王白淵的詩似乎沒起什麼波瀾。

至於書名《棘の道》的「荊棘」，僅出現在〈生之谷〉
和〈不同存在的獨立〉二詩裡，並無刻意強調，後一詩裡的語
句是：「行走充滿荊棘的路」，淡淡的筆觸，顯不出作為書名
的特殊意義。反倒是謝春木的〈序〉能掌握《棘の道》詩集作
者應該的方向，他說：「在殖民地長大的我們，特別地站在兩
重的荊棘之道，但是要掃開它只有一條路而已，那條路是什麼
呢？在這裡我不必明言，……」謝春木沒有明言，但隱隱的行
動在兩人間展開了。謝春木的〈序〉是一九三一年一月十七
日寫於《台灣新民報》社編輯室，一九三一年六月一日《棘
の道》出版；一九三一年九月五日謝春木發表〈台灣人的要
求〉，一九三一年十二月到上海，隔年創立「華聯通訊社」。
一九三二年九月廿二日，王白淵在教室授課時遭日警拘捕，至
十月十四日釋放，共拘押廿四天。

王白淵從美術轉到文學時，有一番作為；當他從文學投入

政治後，不僅「行走充滿荊棘的路」，簡直就是不歸路。

四、結語

　　王白淵的這冊日文著作《棘の道》於一九三一年六月一日在日本出版。在當時，應數台灣人出版的第三或第四本白話詩集（新詩集），第一本是張我軍的中文詩集《亂都之戀》，一九二六年一月出版於台北；第二本是陳奇雲的日文詩集《熱流》，一九三〇年出版於台灣；接著是水蔭萍的日文詩集《熱帶魚》，一九三一年出版於日本；《荊棘之道》與《熱帶魚》同年出版，孰先孰後，目前似乎不易辨清，主因在於《熱帶魚》已失傳。撇開此難題，由於一九四、五〇年代的台灣歸屬權改變，加上王白淵本人往後的坎坷命運，《棘の道》遲至一九八〇年代中期才能浮現台灣詩壇，但比起陳奇雲的《熱流》，還算幸運些，研究者也逐漸增多。

　　生前，有次機會，王白淵碰到使他改變人生之書《人間文化的出發》的作者工藤好美，王白淵提出「我應該感謝你，還是要怨恨你？」的玩笑問題，對方搖頭笑笑，不發一語。回看王白淵的詩文學生涯，似乎僅僅屬於一九二六年十二月到一九三二年十一月盛岡教師時期的五年。撫摸他的詩書，遙想三十歲之前的意氣煥發，和之後進出牢獄的坎坷，造化的確在捉弄人。

【目錄】contents

第二輯　論文與文

第三輯　與王白淵同心

附　錄

第一輯
荊棘之道

序

謝春木

　　王白淵君是我竹馬之友，多年一同睡一同吃，因此我們的交情比骨肉更深。大概是因爲這樣的緣故，他將出版其首次詩集的時候，不叫名人叫我寫一篇序文罷。

　　我不知道詩是什麼，但是比任何人都更詳細知道他不能不寫詩的生活。一樣十六歲的時候，我們一同進臺北師範念，那時候我已經著了憂鬱之蟲，但是他很天眞，很快活，好像在春前明朗地歌唱而跳舞底小鳥般一樣。他受大家的愛著而離開了學堂。和小孩子們做一起的他，一定很幸福的罷，我在東京這樣地想著。但是經過兩年中間，他亦受著種種社會的苦難，因爲血的不同，事事受差別的痛苦，沒道理的壓迫等，使他明鏡一般清澄的心裡密集了一朵黑雲。他亦充分地嘗過了在殖民地長大的人不能不嘗的東西。由此他決定幹美術。

　　在美術學堂的他，非常憂鬱，不多畫只研究詩文，我們倆常在公寓的樓上，關於台灣人的命運，講到天亮。畢業高師的我，應該要當教員的，但是竟做了一個新聞記者。他亦受著台灣文教當局所忌，連一個藝術教員亦做不到，他們說沒有地位可給他，但日本人的藝術教員，竟由內地聘請過來的。這是血所造成底人類社會的怪現象。他在東京過著浪跡的生活，這時候他將台灣人的悲哀作成詩文。決心爲台胞教育的他，竟到岩手縣女子師範學堂，教日本女子去了，這不是多麼稀奇多麼奇

怪的事情嗎？他這本詩集，就在這中間產生的。

　　我們在師範學堂所受的思想，是德國的理想主義，我們都一樣由觀念論——即帝國主義者的思想底武器——做出發點。我們幻想著小孩子般的理想鄉，但是對我們自己幼稚的認識，不久亦認清楚了。

　　在台灣教育台灣人的目標是所謂的同化日本，使之崇拜日本人，輕蔑中國人。在公學校——即小學為限，卻是可謂成功。剛畢業公學校時代的我們，是一個徹底的日本崇拜者。但是一進出現實社會的我們，不久就了解這種觀念是荒唐無稽的，這是多麼悲痛，更不是多麼痛恨的事情嗎？日人教員常對我們這樣地說：「你們長大，應該做一個好好的日本人，日本政府對你們一點都沒有差別，由你們的實力，都可做任何偉大的人物。」那時候，我們都很高興，所以亦有讚美日本同化教育成功的義務似的。但是能可做任何偉大人物的王君，不是在台灣連一個平凡底中等教員亦做不到的嗎？到這樣的地步，不客氣地說，就是現實社會斷然底勝利。當然這是奇怪而寂寞的勝利，究竟人為不能勝過自然的罷。

　　他現在站在三十歲的階段，冷靜地回想過去，然過去三十年的清算能產生什麼東西呢！這本詩集是廿九歲以前的現實，特別是由日本教育忠實的反射鏡所照出的現實。他將這反射鏡送到社會，將把它打碎，然後以台灣人所住現實社會的正射鏡來代替。他現在好像嘗著苦藥的味般地心思，將這詩集做清算藥吞下去。他的真面目，就在這清算之後。

　　《棘の道》是他達到廿九歲的生活的反映，同時又示說著他要向哪裡去，不必說是他，說是他所屬的社會更妥當。在殖民地長大的我們，特別地站在兩重的荊棘之道，但是要掃開它只有一條路而已，那條路是什麼呢？在這裡我不必明言，但是我們須要大家團結起來，踏入荊棘之道，而掃開它。我相信，

我們同胞和王君一樣地煩惱著，又一樣地和他希求著唯一的出路罷！

1931年1月17日《台灣新民報》社編輯室

原文日文，王白淵譯，納入王文〈我的回憶錄〉

序　詩

日出之前蝴蝶的魂魄
飛往地平線那邊
你知道蝴蝶往何處
朋友啊
為了共同的作業
撤廢標界柱吧
那邊是可貴的戰地

你知，我也知
地平線那邊的光
是東天輝煌的黎明標誌
朋友啊
我們互為兄弟
撤廢國境的界標吧
為我們神聖的亞細亞

（1930.2.5，巫永福譯）

我的詩興味不好

我的詩興味不好
終日奔馳生之野越過愛之山
絞盡碰碰跳的心血
以塗抹生命底白紙
是我心靈的標誌而已

我的詩興味不好
不斷地在人生的沙漠裡迴轉
拖著沉重的腳
驚訝於不知名的野草在黑暗中開花
是我心靈的記錄而已

我的詩興味不好
迄今吃著智慧的樹果
在人間的悲傷裡偶然
變成凡事嬰兒會驚異的瞬間底
我心靈的殘滓而已

（巫永福譯）

地　鼠[1]

癡癡地撥土的地鼠
你的路黑暗而彎曲
但是築成在地下的
你的天堂使人懷念，
地鼠呀！你多麼福氣呀！
沒有地上的虛偽
亦沒有生的疲倦，
為看著無上的光明
你的眼睛才這樣細巧
為想到希望的花園
你的路才這樣地暗，
你，那怪樣的手夠足勞動
墨黑的衣裳夠足取暖
亦有小孩，亦有愛人
在黑暗的地角裡
愛的花依樣地開著，
地上的兩足動物
都討厭你！迫害你！
地鼠呀！笑煞他罷！
在這樣廣大的世界裡
不能說沒有一個人
來讚美你的罷
沒有懷疑著，你的國土
從早到晚癡癡地

抱著地上的光明
在黑暗裡摸索著，
你是多麼可愛，多麼可敬
地鼠呀！
你的小孩吱吱哭起來了
趕快給他一點奶吃罷！

1　1923年2月18日脫稿，刊登《女子師範校友會誌第七號》（1929年），1945年作者自譯或改寫，刊登《政經報》。

地　鼠

默默挖掘地道的地鼠
你的路暗暗又彎曲
你的天國卻讓我懷念
地鼠啊！你是幸運者
沒地上的虛偽與生的倦怠
為無上的光你的目瞷細細
為到達希望的花園路途黑暗
不好看的手十分能勞動
黑黑的衣裳可十分保暖
有小孩也有愛人
在黑暗的一偶能使充分的愛開花
地上的兩腳動物雖厭惡迫害你
地鼠吧！你可笑笑避開之
在這廣闊的世界裡不一定無人會讚美你
你始終不懷疑神國的存在
向光明你通過黑暗的路
你真是可憎又可愛
地鼠啊！你的小孩正在吱吱哮
快快給牠們吃乳吧

（巫永福譯）

鼠

蠢動著挖土的鼠
你的路很暗又彎曲
但你在地下構築的天國令人懷念
鼠啊你是幸運者
沒有地上的虛偽也沒有生的倦怠
為了看看無限的光亮而瞇著眼睛
為了達到希望的花圃你的路很暗
笨拙的手也很能勞動
漆黑的衣服十分暖和
有孩子也有情人
在黑暗的角落盡情讓愛的花盛開
地上的雙腳動物討厭你又虐待你
鼠啊笑著推開吧
在這麼廣闊的世界不能說
沒有讚美你的人
絲毫不疑惑神之國而從早到晚
向著光亮而走的黑暗通路的你
可恨又可愛的
鼠呀你的孩子吱吱地哭叫著
快餵奶吧

（陳千武譯）

生之谷

生之谷暗暗且深不知底細
兩岸的荊棘突出尖刺等待
止息探視時從幽幽的深處
驚聽著乳汁般靈泉的細語
沒冒險即不能享受生命的滋味
朋友啊
以大膽的心情踏入生之谷吧
我今落入生之谷迷惑
仰望上端的荊棘在注視仍滴血的我身
看見靈泉露出永遠的微笑
喚！奇怪的生之谷
你的荊棘雖然恐怖在暗中流水的靈泉
卻有無限的執著

（巫永福譯）

水　邊

綠油油的相思樹下蔭處
湧出清澈的泉邊
菖蒲婷婷玉立
飽涵著遐思
神的造化開花一輪
雖給雨打風吹
在小小的胸膛裡藏著
溶化過去未來與現在
由興奮的心流出來
漂入微風吹拂的秋波裡
送春薰於逝去的時空吧

（巫永福譯）

水邊吟

翠綠滴落的相思樹下
甘泉汩汩湧出的旁邊
如菖蒲英挺地
飽含著思維
綻開一朵花的神工
任風吹雨打
蘊在渺小胸懷
過去和未來都溶化在現在
從毅然而起的情思流出
在微風中漂著秋波
在流逝歲月饋贈春的芬芳

（月中泉譯）

零

以曲線顯出無間隙
表示圓滿的你
原子之小也不及於你
重疊萬字數也不成為你
雖然如此你產生無限的數
是神還是魔術師
是佛還是惡魔
無而非無
是量比量多
為數卻非數的你底實體
無大之大
是沒深的深淵麼
老子於流浪之旅迫逐你
釋尊入山欲見你的英姿
噢！不可知的驚異
永遠之謎
你將永遠繼續笑人類的無知

（巫永福譯）

零

以玲瓏曲線沒有罅隙分明地
表現著美滿的你
原子之渺小比不上你
億萬的數目也不會變成你
儘管如此
生下無限的數目的你
是神耶？魔術師耶？
佛耶？惡魔耶？
虛無而非虛無
以量自居比量還多
為數目而非數目
你的真面目是
沒有大的大
沒不見底的深淵吧
老子在流浪之旅程追著你
釋尊歸隱山林想探究你真諦
情侶同志想達到你而掙扎
啊不可知的驚異
永恆之謎，你永遠嘲笑著人類的無知吧

（月中泉譯）

不同存在的獨立

從思索的岩石滑向別的岩石
從一波移往另一波的思惟
次第叩出生之門
從隙縫中漏出的光忘卻一切
在人生的白紙上滴一滴紅血潮時
我的詩產生

行走充滿荊棘的路
通過愛的森林
越過生的沙漠
游於生命之河
而至驚異之鄉時
我的詩不可思議地呈現黑色

搖槳過不可逆的水流
將悲與喜溶入沉默的坩堝
失望與勝利都讓與小鳥
生與死也託付草花時
不意露出微笑的瞬間
我的詩如泡沫瞬間消失

（巫永福譯）

生之路[1]

右邊如劍的愛戀之林
左邊廣茫的沙漠
其間有一條無限長的小路
看從雲那邊如劍的冰山
射出連接永劫的白光
你曾否想像過這樣的場面
我今在十字路口的當中
向右歡喜之谷
向左悲哀之野
向前即走進永遠之鄉
人生巡禮的自我影像
我一直望著

（巫永福譯）

1　刊登《女子師範校友會誌》第5號，1927.12.5。

小孩啊

小孩啊
小孩啊
我心中之華
那哭那笑
有時憎惡卻隨時又愛
通過悲傷與憎惡
你們只管浸在生的歡喜中
男兒枉受
女兒曲意思考時
你們都沒任何拘束
與我的靈魂擁抱大地
構成歡喜的世界
噢！健康的地上之花啊
天國的金童
你們要保持原來的心情長大啊

（巫永福譯）

本性之海

噢！永遠神祕的本性之海
以壓之即將破裂的薄皮
你包含那麼多種的神祕
光明或黑暗來臨
你都悠然謹慎地
呈現何等深淵的碧色
給吹來的風贈熱情的波濤
應蟲之邀漂出貞淑的漣漪
予生命的寧靜的力量與睡眠
不可思議的本性之海
噢；永遠帶著神祕
是神最後的巧妙

（巫永福譯）

田野雜草

微風吹來田野雜草互相細訴
春將來到你們的身邊了
你青春的血潮在我的胸膛波動
追逐微風談我的心
與群飛的蝴蝶交換沉默的微笑
獻給太陽的你底熱情
噢！不言語的田野雜草
燃燒血液的優柔菫花小女
尚是年輕含著羞恥的薔薇處女
你們擁有青春是何等的榮耀
又保持萌出生命的充實
不談無邊的睿智
不言愛戀的火焰
無法則的無上法則
你們醉於何等幸福的靈酒
噢！講吧，你們田野雜草

（巫永福譯）

藝　術

若我有何藝術
那是在稱為人生的布架上
以稱為生命標誌的五色畫具
用反省的重筆
每日重塗其上
每每將不同的顏色塗盡不留空間
看上去猶如一片疊塗抹繪的黑色畫面
而我的朋友隨意來看
帶著各自有色的眼鏡
從我黑黑的畫面上
發現近於自己眼鏡的色彩
於是陶醉在我的白畫之夢
若我有何藝術
只是如此而已

（巫永福譯）

站在空虛的絕頂

站在空虛的絕頂我呼喚
「請給我任何心靈食糧」
卻沒任何反應
我睜開大眼睛詳細看周圍
樹木守著沉默花即笑
蟬正吱吱鳴
我不堪飢餓又再呼喚
「少量亦可，請給我任何食糧」
又再無反應
卻使蟬止鳴
花一直流淚
我閉著眼睛沉入思量

（巫永福譯）

蓮　花

趁黃昏去訪不忍池
佇立於微風之橋看蓮花之海
不知數的青色獨木舟漂在微溫的空氣中
在舟上的桃色或白色的仙女們笑容滿面
印度的聖者們向你們要求借住家
夢想永遠之鄉
我戴惶恐的眼鏡看看你們
你的肉體真是妍豔豐麗
卻沒有任何驕慢的態度
你們展現優美的曲線
但無排他的私自感情
連一點點都沒表露
我聽到微風所指揮的你們三部合唱時
情調充滿著甜甜的哀愁
穿著不染泥的衣裳你們真具清淨的德性
經年在冰骨冷水中的你們真有忍耐之力
在你們面前我只是扭扭捏捏
益覺羞恥

（巫永福譯）

蓮　花

乘著黃昏尋找憐憫之池

佇立微風之橋，瞧蓮花之海

數不清青色獨木舟在微溫空氣中

漂蕩

桃色白面仙女在舟上

嫣然而笑

印度聖者們向妳們尋求

住家夢想理想鄉

我戴上惶恐眼鏡看妳們

多麼光澤豐豔肉體喲

可是淘氣嬌矜態度毫不存在

妳們被圍繞著多麼優美線條

可是排他性自私性感情

絲毫看不到

我對微風指揮妳們三部合唱曲

聽吧是多麼甜蜜哀愁的旋律呢

在泥污衣裳也不污染的妳們清淨德行

在刺骨冷水中越冬的妳們忍耐力

我在妳們跟前班門弄斧一片肉體而

慚愧

（月中泉譯）

梟

在山間幽谷守沉默的灰色實體
趁夜陰出動的白晝反逆者
你是沒言語與歌的沉默之鳥
春天的野色不能安慰你
冬天的冷酷也不能陷入你於不幸
沒朋友沒家勿論也沒社會
永遠是孤獨者一事
欲發見於沉默的深淵
我並非讚美你的生活但你的存在確是世界驚異
將所有的命運熔入於沉默的坩堝
在宇宙的大氣中闊步的你
非鳥界的英雄是什麼呢

（巫永福譯）

少女喲[1]

笑啊笑啊少女
你的笑是生的吟誦
生命的每一刻勝利
那是你的歌
唱啊唱啊少女
你的歌是向生的英勇進行曲
生命不時的歡喜
那是你的藝術
創作吧創作吧少女
你的藝術
是愛的殿堂建築
那是你的使命
爽朗地笑吧
高聲唱吧
嚮往希望的花園路上

（巫永福譯）

1　刊登《女子師範校友會誌》第5號，1927.12.5。

雨　後

從九重天的黑沼垂下來的無數銀系
在裂風中織成美妙的綾紋
細細肥肥或狹或廣
織成多麼不可思議的真珠寶衣
草木以新的呼吸蘇生
蛙獲自由天地嘎嘎哮
家鴨於小水池發現生的歡喜
蟬在空中獨唱吱吱
看吧！蒼天懸掛五色橋
將消失於天女的住家霧之中
微風習習喁喁森林的微笑
在田野含笑的草花喜悅
自然為再生的歡喜足踏手舞

（巫永福譯）

愛戀的小舟

我與愛戀搭著小舟
出航人生的海洋
「為何這樣搖動呢」
「但風如吹著不止……」
愛戀垂首啜泣
「無志氣、要堅定啊如著陸對岸就可安心了」
「但對岸的灰色空氣會使我窒息」
「如努力從窒息蘇醒始會開出不萎的花啊！」
愛戀又以悲傷的表情看上我
啊！伊終不知安靜
而生於這地上啦

（巫永福譯）

向日葵[1]

你全身都是熱情
啊！是啦
你是梵谷的愛人
猶如面向太陽飛躍的梵谷
你各個花瓣的呼吸
真為生的充實燃燒著
日頭的陰影沒任何吸引你的魅力
你向太陽
始終保持沉默的熱情
梵谷死了
在你慈愛的雙手護衛中死了
但伊的靈魂融入太陽
永遠與你持續愛戀的白色呼吸吧
噢！向日葵喲
以你的熱情燃燒我的肉體
變成真理的火焰吧
那瞬間我將從灰色的實體解放
如鷹飛翔於光明的世界。

（巫永福譯）

1　梵谷（1853～1890），荷蘭籍後期印象派畫家。生前潦倒，死後享有盛名。
　　〈向日葵〉為其名畫之一。

我的歌

我的歌是生的讚歌
是不能自己的必然要求
再生為嬰兒瞬間的記憶
是與自然握手的日底情愛的紀念
噢！歌啊
你不是現象而是大型的實在
充滿生氣的血與肉的明朗聲音
心靈深處的微動
永遠的憧憬即是你啊
田野的草花不知不覺
誇顏盛開
溪谷的水流獨獨一人
急往深淵的家路
噢！歌啊你盡可思量
在我曠茫的胸中開花吧
請急往赤心的深淵吧
我將從黑暗的思索之路躍出深淵
深深的呼吸為沉默戰慄
成為嬰兒群遊於胸中的草野
將你們所不顧的微微芬香
一一認真分開聞出

（巫永福譯）

天空一顆星

太陽失落於西涯時
你從蒼色的深窗探出頭來
不知是悲是喜的你的閃爍
猶如妍姿永遠在青白的闇視漂遊
使我想到尼羅河畔的克麗奧巴特[1]
於十五夜我在月的殿堂跳舞
看見你的榮耀與喜悅
在闇夜聽你寂寞無人聽的獨唱
是於霧中失落的喜而悲的情調吧
月滿即喜月缺即悲
你將續唱思念的歌吧
雲來遮住往路
太陽出來雖無視你的存在
你會在另處等待你的出處
在天空輝耀的可愛一顆星
如一日不見你的芳顏
我會如千秋地思念啊

（巫永福譯）

1　尼羅河，埃及大河，流經東非洲，注入地中海。克麗奧巴特（西元前69～30），即「埃及豔后」。古埃及王朝最後一位女王，爲絕世美女。

太　陽

白晝的光芒使靈魂遊走各處
夜陰的空虛在黑暗中徬徨
從闇向光光向闇續進的永遠之旅
你在時間與空間上君臨
從東至西不變的一條路行進
你不知生的倦怠
非萬物之王是什麼呢
以生命的白熱化
表徵無限的充實
永遠的光明是你
噢！太陽
我欲擁有如你通紅的光芒
以之點燃生命
燒盡悲哀使之成為歡喜之焰
照明夜間使之有白晝之夢

（巫永福譯）

夜

白晝被宇宙的波浪浸浚時
你就從深淵突突升起
在自然的黑幕上抽出星與月
在灰暗的舞台上秋蟲歌唱
草木悠遊於微風之中
流水漂著銀色的漣漪而去
人醉於無言之夢
夜盡展神祕之極
為迎接曙光的子婿而更加深沉
雞聲起兮東天白
萬物都從夢之國急於回歸
在黑暗盛開的空中之花將萎謝時
星星輝亮於吾世
噢！夜的復活
世界與人生的復活
又將迎接赫赫的朝陽
夜在沉默之中沉思

（巫永福譯）

蝴 蝶[1]

從大氣飄於大氣

可愛的天上天使

確實抱著看不見的神底旨意

告訴我們自由與歡喜

搭上微風作飄泊之旅

為被殘踏的原野草花

你也駐足

噢！蝴蝶啊

地上的天使啊

我希望如你飛翔

帶著真理的羽翼

持著愛的觸角

飛迴於被虐待者之間

從花神取得甜蜜

分給那些人吧

（巫永福譯）

1　刊登《女子師範校友會誌》第5號，1927.12.5。

風

從無出現而消失於無的物件
在宇宙大大方方闊步的無形旅人
有時如淑女優雅地輕步
或如醉漢狂暴
去時無蹤來時躡步
你真不可思議
昨夜我聽到你指揮的樹葉合唱
今日看到你夾夜風襲畫的特技
你行走水面就漂出銀色漣漪
群遊於田野與草花手牽手跳舞
自由之子！勇敢的孩童
風啊！我希望如你能飛
燃燒五尺的身軀使靈的微風
踢落痛苦與運命
飛迴於星際之間
通過月的殿堂
希望回歸於赤紅太陽的我們父親之家

（巫永福譯）

風

由虛無中出生又消失於虛無的
某種東西
搖頭擺尾闖越宇宙之隱身遊子
有時像閨女步履輕盈
有時像醉漢瘋狂撒野
去無蹤跡來時躡手躡腳
多麼不可思議的你
昨晚我諦聽你指揮的樹葉合唱曲
今天又參觀襲擊白天旋風特技表演
行走水面時蕩漾著銀色漣漪
在荒野結夥遊玩時跟草木手拉手
跳舞
自由之子勇敢的兒子
風呀我也希望像你飛翔
燃燒著五尺凡軀成為靈之微風
一蹴痛苦與命運
自一顆星星飛到另一個星星
穿過月亮宮殿
返回我們祖先之家太陽

（月中泉譯）

失　題[1]

時光流失於

永劫的世界

群星飛舞於

蒼空的彼方

月笑出現於雲之間

花也笑

於小川的岸邊

蝴蝶遊戲於

田野雜草

雲雀鳴轉飛上高空

悲傷襲來

不著時

喜悅湧出

於青春的胸膛

生命之花盛開於生的曠野

（巫永福譯）

1　刊登《女子師範校友會誌》第5號，1927.12.5。

盧　梭

像在極樂世界的樹木
排拒大人的嬰兒之國
如夢卻真實
似幻然實在
理想於現實開花
天國被移置地上
支配此地的神已非偶像
迫近必然的偶像勝利
於幼兒胸中開花的美神之紀念
此處是以論理追放的
世界啊是麼
但從無視哲學的樹葉
生命的露一滴一滴落下
從眼看不見的情調
音樂正響
啊！盧梭喲
偉大的幼兒
你的藝術使人還童
真是地上美麗的寶玉

（巫永福譯）

島上的淑女

在霧中躊躇的島上淑女
如柳流動於微風
優美地輕步而去
空氣打動袖口微顫
包容淑女的芳香
看不見的木屐響起
猶如愛戀的戰慄
消失於神祕的彼方
如柳枝婀娜多姿
如槿花溫柔之心
裝飾島上的櫻樹蓓蕾
含著年輕的害羞
像暗中發亮的鑽石
從遠古的世界萌芽出來

（巫永福譯）

島上小姐

在霧裡猶豫的島上小姐

像在微風搖曳楊柳

輕盈嫻雅走路

空氣輕拂衣袖

包涵著青春之芬芳

眼裡看不見的木屐響聲

如戀愛哆嗦

消失於神祕彼方

如柳般柔情姿態

如菫花溫存心

點綴島上櫻花蓓蕾

含羞青春

如在黑暗中

發光鑽石

從古老世界萌芽

（月中泉譯）

蝴蝶向我細語

蝴蝶向我細語
「歡迎回來
搭五月微風投入自然的懷抱
日照月輝蟲歌唱
春若來臨愛的蕾苞將綻放
彼處除生以外不認真其他價值
你！這樣就夠了嗎？」
我拾集落於胸膛小池的星影
傾聽微風指揮的樹葉合唱
天與地被祝福擁抱
在自然的胸膛中我的影子將消失
噢！是生的歡喜啊
一陣冷風掠過我的心

（巫永福譯）

未完成的畫像[1]

我欲大聲唱歌時
文字不聽我的命令
創作的衝動驅使我作畫時
畫具使我失望
文字是一種概念的約束
畫具不過是表現不完全的一種形式
我奔馳美的高原後
重回沉默的幽谷
而在心中畫著
永遠不會完成的畫像
一直屏息從旁觀望

（巫永福譯）

1　刊登《女子師範校友會誌》第7號，1929。

未完的畫像

大聲喊出
要歌唱的時候
字言卻不遵照我的命令
被創作的衝動驅使
畫畫的時候
顏料卻使我失望
文字只是一種概念性的約定
顏料更不完整
只為表現的一形式而已
我奔上美的高峰
然後回到沉默的幽谷
而在心裡畫畫
永畫不完的畫像
而屏息著從側邊凝望它

（陳千武譯）

打破沉默

蝴蝶飛回來
被五月雨淋濕
疊羽而息
於葉蔭暗處

打破沉默
鐘聲響動
我的心靈醒了
從象牙之塔

回歸現實時
我的心騷動
再次面對吧
永遠無終的彼方

（巫永福譯）

高　更

反抗傳統與虛偽
爛熟的巴黎是文明人
投出血與肉的活生生的記錄
全在作夢的大溪地男女
如鰻般潤潤攀爬的草木
啊！你畫的植物動物與人
都互不排拒大自然的祝福
猶如草花與蜥蜴的混合兒島上姑娘
是你最懷念的戀人
啊！高更喲
你是不堪文明寂寞的
進步原始人
是大膽的偶像否定者
人間大都是枯木
教育多半無意義
你的藝術把我們帶回
幾世紀的古昔
令人緬懷的素樸故鄉

（巫永福譯）

死的樂園

星應聲而落
於胸膛小池
月悄悄窺視
從林中蔭處

雨蕭蕭落下
於大地胸膛
風騷動殺殺
從竹木縫隙

有限緊溶入
於無限潮上
生從容步出
從死的樂園──

（巫永福譯）

薔　薇

在靜寂中佇立的可愛薔薇
輝煌在地上的星之使徒
充滿著青春的誇耀
你幸福的芳顏
有呼吸微風的無限滿足
你是創造之神的獨生女
於天上的愛與地上的恩惠中
沐浴著自然的寵兒
噢！不歌唱的詩人
不作畫的未知底畫家
始終保持無言價值的仙女啊
與蝴蝶相交的是聖之愛的細語麼
散落於微風是你的願望麼
來自神的回歸於神
給沉默的薔薇祝福吧

（巫永福譯）

贈　春[1]

炎陽誘人
埋入雜草之中
感覺花從我的胸膛盛開

悠閒地佇在樹木蔭處
為美妙的情調自失時
小鳥即消失於自然的胸膛

看看飄散於大地的形影
欲去捕追時
蝴蝶沒入於地平線的彼方

風習習吹花散落
非我也非你
只有悠久的自然打動的聲音高漲

（巫永福譯）

給春天

給豔陽勾引
埋膝千草
花兒像由我胸膛綻開似地
佇立幽靜樹蔭下
給妙樂渾然忘我
小鳥在大自然懷抱消失了

望著漂蕩大地的影子
想抓住它而追上去
蝴蝶在地平線彼方匿跡
隨著徐來風兒
花兒落了
我非是汝也非是
只有在悠久大自然鼓動時的
聲音嘹亮而已

（月中泉譯）

春之野

被萌出的新綠引誘
遊訪於春之野時
無邊無窮的蒼空
不知有多深的大地重重
白雲飛散去
蝴蝶在戲遊
流暢的小流在
垂枝的岸邊柳
小孩遊戲於林下涼爽陰處
習習的微風帶著音樂
啊！這樣調和極了
神啊！告訴我
花是如何笑
小鳥是怎樣啼唱

（巫永福譯）

是何心呀

飼在籠內的小鳥
尚有仰慕蒼空之念
是何心呢
噢！小鳥啊
我知曉這是你的願望
雖不欲歌唱
尚有唱的命令
是以何心呀
生命啊
我知曉這是你高雅的意志

（巫永福譯）

無終止的旅程

蟬吱吱鳴
在中空的樹梢
我的心靈飛去
為與蟬會晤

蝴蝶飛出
從心的縫隙
我的心靈走去
為追逐蝴蝶

時間過去了
留住無限的過去
我的心靈再出發
為繼續無終止的旅程

（巫永福譯）

看

夜幕將開時
小鳥鳴鳴囀
看！
上中天的朝陽

雨停轉晴時
風肅靜了
看！
東天的五色橋

夕陽落山時
田野蟲鳴了
看！
一隻黑色鳥在西空

（巫永福譯）

春　朝[1]

柔軟的日光靜靜地從窗邊走近
麻雀在外面啁啁啼
遠方的連山抬起愛睏的面
清涼的五月微風無慮地吹來
日光升起是清靜的早朝

看著流在林中陰處的小川
站在岸邊漱口的孩童們
還穿著睏衫提起水桶
村中裸足的少女來到川邊
太陽升空是悠閒的早朝

春霞籠罩著田園的彼方
茫茫幻中看到農夫素樸的形態
由神祝福的喜悅橫溢著
悠閒的牧歌隨著風的韻律來
太陽升起是平和的早朝

（巫永福譯）

詩　人

薔薇默默盛開
在無言之中凋謝
詩人為人不知而生
吃自己的美而死

蟬在空中唱歌
不顧結果如何飛走
詩人於心中寫詩
寫寫卻又抹消去

月獨自行走
照光夜的黑暗
詩人孤獨地吟唱
談萬人的心胸

（巫永福譯）

詩　人

薔薇默默開著
在無言中凋謝
詩人活得沒沒無聞
吃著自己的美而死

蟬子在空中歌唱
不問收穫而飛去
詩人在心中寫詩
寫了又擦掉

月亮獨個兒走著
照亮夜之黑暗
詩人孤獨地歌唱
道出千萬人情思

（月中泉譯）

薄　暮[1]

日光盡失而暮蟲唱歌

西天猶留薄明

於樹上躊躇的月引我的心

獨自一人於薄暗的林中繼續步行

在途中會不會迷路呢

河的對面有不識的人在吹笛

繁花的春天引人的煩惱特別多

在微風翻動的蝴蝶奪了我的心

清靜的黃昏忘卻晝間的炎熱

從東邊吹來涼風

何時才能踏上歸途呢

懷念的母親正等待我啊

（巫永福譯）

1　刊登《女子師範校友會誌》第6號，1928.12.5。

山茶花[1]

山茶花啊！
我今與你同在
更是與你溶合在一起
四月的微風薰入春的花園
去年的今日也如此與你生活
今日也不能忘懷的一日留存
星移時遷蝴蝶飛舞時
你不忘春日又萌綻花蕾
小鳥來唱人口聲聲稱美
然我理解自然打動你的心情
紅的血潮我知在你的胸膛湧起
噢！心煩
但如此就足夠了麼
親愛的庭中一叢山茶花
與你交談人不知的言語
為星與月今宵我希望與合唱
啊！唱吧再唱吧！
親愛的紅色一叢山茶花

（巫永福譯）

1　刊登《女子師範校友會誌》第8號，約1930～1931年間，存疑。

靈魂的故鄉[1]

看蒼空浮雲時
我的心常憧憬靈魂的故鄉
啊那是流著清水的美麗鄉麼
還是連草都不生的無人沙漠麼
悲傷日沒的晚蟬將我
誘出夕闇的樹蔭時
晚霞醉於生的曠野
無名的草花盛開
盡夜啼啼的峰上靈鳥
在闇中一直線飛去
啊那是惜春底
落花在啜泣麼？
還是報曉的雷鳥底
搏羽的聲音麼？

（巫永福譯）

1　刊登《女子師範校友會誌》第5號，1927.12.5。

四 季[1]

上升的煙縷
否是漂遊的炎陽
盛開的田野雜草誇示
噢！春天的早朝

橫溢的水銀
否是小樹蔭下的流水
茂盛的龍眼林
噢！夏天的白晝

飛舞的蝴蝶
否是思慕大地的樹葉
空中飛行的無言之鳥
噢！秋天的黃昏

地上輝煌的不可思議的月
否是飄霧的農村之燈
堤岸的樹木隨風搖動
噢！冬天的深夜

（巫永福譯）

1　刊登《女子師範校友會誌》第8號，1930～1931年間，存疑。

峰上的雷鳥

日出之前靈魂的小鳥啼啼
噢！峰上的雷鳥啊
闇中傳來的是你的搏羽聲麼
往東方飛翔的是你的英姿麼
比其他的鳥早醒的你
今朝也透早一直在啼
噢！那是黎明的春底預告嗎
還是對暗夜的詛咒之聲嗎
夜更深後太陽就昇起
但峰上的雷鳥還在啼
噢！峰上的雷鳥喲
你要續啼到何時呢
永久的日沒嗎
還是到達無限的東方為止嗎
太陽已多次上又沉
然峰上的雷鳥又是啼不停

（巫永福譯）

時光永遠沉默[1]

小鳥回到樹枝的舊巢
生行走向死的歸路
啊！那邊時光不流
無悲無憂
時光永久的沉默
洗去一切
令人懷念
的確如此
神以白與黑的絲線
永久紡織生與死
聲音啊！
勿再發出！
空車極喧噪

（巫永福譯）

歲月的流浪人

我是歲月的流浪人
胸中蘊藏一支歌
時間隨波滑向生命的影裡
如死的先驅底平和
黃金的鎖埋沒幸福
對此不看在眼內
遠遠與風雨作朋友

我是歲月的流浪人
為自然驚異
邊哭邊笑愛祈禱的孩童
以物被評價的地位
確立偶然的權力
對此，我都不看在眼內
只深深與自然握手

我是歲月的流浪人
像住在深閨喜愛生命的自然淑女
排拒生命的教育
逃離人生的淺陋妥協
對此不看眼內
高高地與生命之神擁抱

（巫永福譯）

贈　秋[1]

看見紅柿果熟時
雖無風卻慌慌忙忙
樹葉散去

訪染黃的野山時
小鳥的歌不知何時消失
獨獨深深感受空走的風

行走黃昏的田野時
隨著小溪的細語
秋蟲也獨自歌唱

屋邊秋霜降臨時
我的心常在人去後
被引誘去深思

（巫永福譯）

無 題

從落下的樹葉
我聽到
陌生人的聲音

從樹蔭小鳥鳴囀
我聽到
美妙的自然音樂

從一隻鳥都不飛的蒼天
我看見
無表現的神底藝術

從路邊開的無名花
我看見
一個生命的尊貴

隨風吹
我踏上
禮讚自然之旅

（巫永福譯）

蝴蝶喲[1]

春天閒散的曠野
在花間追逐美
蝴蝶喲
你將飛往何處
是東是西或是南
越過山野渡過河
消失於地平線的彼方
蝴蝶喲！
親愛的蝴蝶啊！
春逝夏去萬綠轉黃時
你在天空何處
織何種的夢
秋風帶來哀愁的情調
托你代傳音信吧！

（巫永福譯）

真理之鄉[1]

向真理之鄉開船時
船夫叫著
「天上連星都看不見
颱風夜黑暗」
船夫啊！
如此的風如此的浪木葉船
將會沉沒嗖
客人啊！不要慌
神將守護我們
在恐怖的颱風中
不管橫逆的怒濤
客人啊！
才能到真理之鄉了

（巫永福譯）

我家遠而近

從何處出
欲往何處
溪谷的小流
慌忙越過岩石
靜靜鑽過落葉
人不知流去
岸邊盛開的花不在眼內
也不聽樹蔭美妙的音樂
急就深淵的歸途
日暮後有明天
我家遠而近

（巫永福譯）

秋　夜[1]

日頭落山已無聲
秋夕空際籠罩霧
月在雲間出出沒沒
盛開的天空花瓣
落入胸中小池時
聽吧！
田野雜草的蟲們
自鳴自唱
鈴鈴地靈地靈
吱囉鈴吱囉鈴……
啊！
真是藝術的一斷片
天空那邊的雲中間
無言的鳥飛去了
草木在微風中睡眠
小溪的岸邊草花細語
秋空高高月更明
夜幕靜靜暝更深

（巫永福譯）

1　刊登《女子師範校友會誌》第5號，1927.12.5。

無表現的歸途[1]

雨瀟瀟夜暗暗
冷風悄悄從窗入
坐在無光的燈下閉眼思維
思維溯及數千年的古昔
或彷徨步入永劫未來之鄉
或草花盛開於原野
或變成鳥在樹枝間迴轉
今宵回歸靈魂的故鄉時
無喜無悲無生無死
走在無表現的歸途
啊！
我是清醒還是在睡眠
或者又……外邊陰暗
雨還在瀟瀟落

（巫永福譯）

時光消逝[1]

花開於風中謝
滿開的喜悅這麼剎那
謝去的花在昨日
還是雙葉的幼苗哪

春逝夏就來
涼秋也是這麼短暫
寒風一陣去後
快樂的春又重來

蜉蝣生於早上死於夕間
天地悠久人生卻這麼短
從未知之鄉出來匆匆
走入夢之國

真是流轉的世界喲
所見的現在也是這麼短短
時間伴著過去與未來
織成無數的現在

（巫永福譯）

1　刊登《女子師範校友會誌》第5號，1927.12.5。

兩股潮流

我的影子消失於自然的胸膛中
與全體合一時
啊！生的歡喜
聽到不知是誰的聲音

兩股潮流合一時
兩個心就燃燒為一
啊！生的進軍
室內突變光明

二元歸於一元時
靈魂與肉體就同事於神
啊！永遠的生
無晝無夜

（巫永福譯）

春

草木萌芽花微笑時
小鳥啊！唱吧
在春來後的小山上
在油綠綠的雜草上

澄清的蒼空小鳥鳴囀時
花啊！笑吧
送走過去的冬天
迎來快樂的春天

炎陽蒸蒸花開處
蝴蝶啊！來吧
春天猶如作夢的佳人
在美麗之中暮去

（巫永福譯）

仰慕基督[1]

天晴無雲的一日
仰慕基督
散步於春野間
口念山上的垂訓
微微聽著
田野雜草的細語
「所羅門的榮華極盛時其華裝不及此花之一」
遙遠繁茂的森林盡在眼前
樹間的小鳥囀唱歌謠云：
「凡事逝去只剩藝術而已
藝術逝去只剩愛而已
愛亦逝去只剩生命而已
萬物逝去時流寧靜啊」
此時有聲音叫喚
「安靜
你們這些喧噪的池中水蛙」

（巫永福譯）

1　刊登《女子師範校友會誌》第7號，1929年。

花與詩人 [1]

薔薇垂首講了：
「詩人啊！
你是舞在生命上的春蝴蝶
我是唱愛戀的歌者
說蜉蝣是生於早上死於晚夕
開花不久即萎謝的我
是為君開為君謝　　」
詩人答云：
「雖云為花為詩人
統統都是自然的一現象
花由詩人發揮其美
詩人由花讀自然之心　　」
噢！神的奇妙造化喲
詩人啊唱吧！花也笑吧！

（巫永福譯）

南國之春

風微微吹過綠野田疇
早苗很快長出一二寸
醉春的蝴蝶兩三隻
飛往自由的樹蔭處

巧妙的韻律從何處來
小川的細語欲絕難耐
放眼盡處山油綠綠
欣欣盛開的是紫色之花

草木萌芽魂甦回
要知神之心是今時
聞永遠的真理於小鳥
尋找無限之我於草花

（巫永福譯）

落　葉[1]

隨不知由何處吹來的微風
飛來了樹葉
彼處也有凋落
噢樹葉呀！
與你同在運命的水路中
靜靜地流下如何

於荒吹的冬風中失去目標
舞去的樹葉
彼處也有迷茫
噢！樹葉呀！
與你同在無標示的
人生的行路滑下如何？

（巫永福譯）

1　刊登《女子師範校友會誌》第6號，1928.12.5。

晚春

時潮流後春逝去
三月節過後五月將半
滿開的花也漸散失了
高砂島正是綠濃時候

看夕陽照射的山岡樹蔭處
不知名的客人正在吹笛
在無窮的空間時間靜步
晚春的一日即將過去

牧童於水牛之前會談
村中淑女邊笑而歸
農家的炊煙靜靜升起
落日中蟬鳴聲吱吱

朝朝暮暮眺望的
故鄉村郊的黃昏景色
中央山脈比夢還淡
濁水溪水永遠流

（巫永福譯）

生命的家鄉[1]

花豔香滿的花園　　　　忘卻時間千草歌唱
飛去蝴蝶兩三隻　　　　秋蟲的聲音種種
哀啊今日也匆忙　　　　哀哉飛去的雁聲
欲往何處　　　　　　　突破寧靜的空中
啊！靈魂仰慕到　　　　啊！靈魂將溶入
希望的花園　　　　　　自然的胸膛

蟬的鳴聲明朗　　　　　山岡吹來的冬風
森林的陰處涼爽　　　　小鳥不出巢籠
啊！快樂的一日　　　　哀啊散落的砂上
沉落於夕鐘　　　　　　鼠藏身的穴中
啊！憬憧的靈魂欲往　　啊！靈魂將回歸
自由樹的陰鄉　　　　　生命的家鄉

（巫永福譯）

1　刊登《女子師範校友會誌》第5號，1927.12.5。

贈印度人 [1]

繁華的租界大街上
在壯嚴的銀行門前
在大商店亂雜門口
我們看到我們看到
武裝的印度兄弟
六尺的巨軀健壯的四肢
黑面上戴白頭巾
做英吉利帝國主義的走狗
你出沒於上海的要所
噢！印度人啊！世界的守門人
厚顏無恥的錫克人啊！
你為誰武裝勞動
為誰作事啊！
可悲可憐的釋尊後裔
這是亞細亞人的無限侮蔑
印度人啊！印度人啊！
厚顏無恥的錫克人啊！
你的手槍是對誰的胸膛？
（於上海）

（巫永福譯）

1　刊登《女子師範校友會誌》第8號，約1930～1931年，存疑。

站在揚子江[1]

黃色濁流不斷地注入黃海
從四川的奧地悠悠一千有餘里
比歷史還要悠遠的水流揚子江
比歲月更古老的岸邊楊柳
清濁併吞的你的英姿
猶如哲人靜寂無為
又如猛虎的咆哮兇猛
是幾億民眾的心臟
也是中原四百餘州的大動脈！
接受清朝的惡政後又是列強的搾取
桃源之夢華胥之國今何在？
但你的血潮未冷卻之前
奮起的國民革命之聲
燃燒著果敢的鬥爭與犧牲
年輕的中國普羅列塔利亞
從炮火與流血中對我們
告訴何事……？
古中華於黃河流域
發端而繁榮而老去
老子的冥想孔子的教誨
貴妃的夢都過去喲！
葬掉吧！一切的過去都葬掉吧！
封建的殘渣與殖民地的壓制
年輕的中國與揚子江共同
做為目標正整翼努力

1　刊登《女子師範校友會誌》第8號，約1930～1931年，存疑。

尚未打開的揚子江之扉
揚子江啊！揚子江啊！
偉大的揚子江啊曙光來臨了
育孕著赫赫的光輝……
　　（於上海）

　　　　　　　　　　　　（巫永福譯）

第二輯
論文與文

吾們青年的覺悟

王白淵

十九世紀的外觀宛然被西歐的科學文明所征服一樣，自英國的產業革命以後，歐洲列強的帝國資本主義漸進東洋，侵害了吾們的經濟政治的權利地位。然而，歷史不容一方的繁榮與暴虐，東方民族已覺醒了。如印度的國民獨立運動，又如中華的國民革命運動，皆是發於民族自覺之所致。

東洋民族已覺醒。吾們青年應該把持共同的理想，養成抵抗之力，以促進東洋的黎明運動，以恢復吾們的面目，精神的自由，經濟政治的權利地位。日頭已出，吾們青年要打黎明之鐘，以警醒民眾，此是吾們青年的使命。

一、進化的法則

必然是萬物的根柢，但一個的思想的發生及其勝利，莫不偶然之事。吾們的社會是流轉不息的活物，流動變化是進步的前提。若是社會流動停止無感激之時，即是退化的前逃。吾們的社會進化的課程不是平平坦坦的道路，就是岩石突兀莉莉充滿的難路。

社會的進化必要經過三個的階段，就是叫做正反合。一個的思想能得支配社會之時，眾人叫此思想爲正；然而社會進化不止，流轉不停，今日爲正之思想，經過時日，因爲民眾的進步及其教旨變成了形式，逐漸釀成種種的弊害，此時必然生出

反抗的思想，打破舊慣陋習，以革新本然的精神。然反抗的思想至於極度，亦生出種種的弊害，其時新舊兩派始和現實的反省及融合的努力，遂形成出新舊中間的思想，以支配次代的社會，即為合之時代，吾謂之為平和無事之時代。合之時代，因為眾人承認，遂變成為正，其正又生弊害，又起反抗的思想。爭鬥之後，又到合之時代。此等關係，是永久不變的歷史的必然，此是社會進化必踏的課程。由此觀看吾們的社會，就是永久的鬥爭。

二、個人與社會

吾們是社會的動物，所以吾們的存在與社會有不離的關係。不論何時的時代、何處的社會，都有其時特有的思想感情，此叫做社會意識。一個的社會意識表現出來種種具體的現象，此謂時代性。無論絕世的英雄、或是聖人，亦受著時代的影響。如基督教發生於羅馬末期，就是羅馬的享樂生活、致了人心的倦怠，反動欲求靈的生活的歷史必然的所產。又如佛教也是發生於印度亂世，人心感情人生無常之時。基督、釋迦雖聖，究竟也是充足歷史的一大人物而已。

社會是多數個人的集合。換句話說，是多數的細胞構成的有機體，所以個人的痛苦是社會的不幸，社會的痛苦是個人的不幸。社會與個人是相對的關係，所以吾們的生活的第一條件，就是要深知其時的社會意識。若是不知其時特有思想感情，都是醉生夢死的徒輩。吾們的生活，不是水上浮游之草。吾們青年是人生之花，是社會的原動力。若是青年無志氣，無進取，無奮鬥的精神，其社會之將來，可想而知了。

三、吾們的地位

回看吾們的民族的現狀，無一日不嘆息，無一時不憤慨。

籠中之鳥，尚有飛上空中之志。吾們身居靈長之榮，受於漢族之後，相續四千年的文化，算是光榮之極。然吾們祖宗的面目今日如何？「國破山河在」，此是中世的詩人的夢語；近世的文明是殺人文明，是弱肉強食的文明，有強權無公理。像英國滅印度以後，三萬萬的民眾皆變做英國的奴隸，受二十萬的英人所管轄。失了主權，失了傳統的民族，那裡有民族的光榮呢？那裡有個人的自由呢？然印度的人心未死，常計謀收回自己當然的權利與地位。費多年的苦心，供多數的犧牲。自聖雄甘地至白熱的頂點，提唱非共同，實行經濟的斷絕。余在東京的時候，讀甘地的傳記與受難的原理，深知甘地的心中痛苦。俗語曰「同病相憐」。

　　青年諸君！吾們有病沒有呢？吾們的民族比印度有什麼上下呢？吾們的民族有四萬萬的多數，現在世界的總人口大約是十六萬萬左右，吾們的民族占四分之一，換句話說，就是世界上每四個人中有一個吾們的同胞。歐洲的白種民族僅有四萬萬而已，世界的人口大半是亞細亞的黃種民族。然白種民族的民族主義很發達，建設強固的國家，征服四鄰。東洋除日本以外，皆是被征服的殖民地或是半殖民地。中國雖然有主權，其實亦像列強的殖民地。自鴉片戰爭以後，中國的歷史是屈辱的連續，然生命與傳統是很大的潛在力，若有機會與力量，必然發生自己解放的運動。

　　吾們是受壓迫的民族，自一百多年以來吾們所受的侮辱是至極。翻看吾們的

　　歷史，像唐、宋、元時，吾們是最文明最強盛的民族，吾們的文化是冠絕世界列國都感服吾們的力量。然歷史似波浪，一高一低，吾們所有高級的文化遂埋沒地下，不能表現自己的本領。恰以優良的種子在土中遇著旱魃不能發芽一般樣。

民族的衰微是個人的恥辱，民族的無力是吾們青年的責任。吾們眼前的最大問題，是回復吾們的面目，整頓吾們同胞的生活，養成進取的氣象，以脫離受壓迫的地位。

四、思想運動與政治運動

落日之後，有旭日昇天之朝。吾們的民族，經過一百多年的闇黑地界，始見黎明的徵候。四百餘州近年種種的運動，皆是吾們民族再生的發現。文學革命是建設言文一致的文學，道德革命是改造道德的標準，國民革命運動是收回吾們的經濟政治的權利地位的具體的表現。

吾們觀看社會的進化，必有兩樣的運動相提攜始達其目的，一曰，思想運動，二曰，政治運動。前者是人心的根本改造；後者是社會組織的變更。此兩種的運動之中，思想運動是先驅於政治運動。而思想運動能徹底於民眾之時，是到社會運動成功之日。文學革命與道德革命是思想運動，國民革命運動是政治運動。此兩種的運動是社會運動的兩個車輪，吾們的民族已經過思想運動的波浪，而至政治運動的頂點。吾們民族的再生是看眼前之火一樣，吾們青年應該把持什麼覺悟呢？

五、青年的義務

青年如春草，如朝日，如猛火。人生最可寶重的時期，恰似新鮮活潑的細胞在人身一樣。新陳代謝是自然之理，是進化的前提。所謂死學者與無脈的道學先生，是社會進化的障害物。死學者不知道思想是生活的殘滓，道學先生不知道人生社會是無限進化的活物。吾們青年是社會身中的最新最活潑最有力的分子，百般改革皆由青年之手。老木即朽，無新陳代謝的社會則亡，吾們青年養成批判之力，去舊就新，勇敢否定過去

的社會惡，以建設明日的社會，此是吾們青年的義務。

1927年5月19日

刊載於《台灣民報》第163號，1927年6月26日

我的回憶錄

王白淵

萬頃雲濤立海灘，天風浩蕩白鷗間。
舟人那識傷心地，惟指前程是馬關。

這篇傷心的詩，係吳保初先生過馬關的時候，想起當年的國恥做成的，其無盡的傷感，無量的含恨使讀者永遠地不能忘去。我起初讀過這篇的時候，感著滿腹的辛酸，而不禁流淚。這民族的傷感，有帶著難說的淒涼。

自馬關條約以來，中國民族的命運真是有一落千丈之慨，這四萬萬民族的遭殃，當然很深刻地落在我們的身上來。俄國有一種傳說，說：「俄國有一個地方的山野，至秋深青葉落盡的時候，不知從何處飄來一種難說的花香，但這『妖魔之花』的本體，是不容易看到的。一旦不幸見到，則那人就要發狂了！」這是俄國帝制時代的傳說，我覺得很有帶著人生的深義。文豪杜斯妥也夫斯基亦有一部小說叫做《著魔的人們》（附魔者），描寫沙皇專制下的俄國青年，好像發狂一樣地向著革命前進。我想這般青年都是不幸看著這「妖魔之花」的人。

有人說「歷史的悲劇，是比任何底個人的悲劇，更加深刻的」——我們台灣雖是四面環海的小島，但是由其歷史看來，這三百年的短短時間，不是帶著滿身血痕的情形嗎？我記得童

年的時候，我的父親常常講「林爽文」的故事給我聽，林爽文
是一位很漂亮的美男子，又是清朝治下的叛頭。他的故鄉離我
的地方不遠。所以關於他的傳說亦特別的多，因爲這樣，所以
他的一生很深刻地記在我的心上。在殖民地長大的人，都一樣
地帶著民族底憂鬱病，這樣的病在日本治理下是無藥可醫的，
我時常在這病症將發的時候，就想起「林爽文」來和我作伴。
他的風度，他的浪漫史，他的革命之成敗，就好像革命詩人拜
倫一樣，很使人家同情，很使年輕的人懷念。

　　十六歲的時候，我進臺北師範念書，那時我還是一個天眞
爛漫的學生。這時代是第一次歐洲大戰告終的時期，世界是充
滿著民族自決主義、自由主義的時代，所以台灣的社會亦受其
影響，鐵鎖亦放長了一點，以前的武官總督亦換了一位文官的
田總督，民政長官亦多少帶著自由主義色彩的下村宏。地方又
施行假自治，所以台灣好像受了一段解放的樣子，民族資本亦
抬頭起來。林獻堂先生等在這歷史的間隙跳出來，開始民族主
義運動，組織台灣議會期成同盟會，要求六三問題的撤回，而
引起台灣民眾的注目。但是這無武力背景的合法運動，亦受日
本帝國主義陰陽兩種的壓迫。

　　那時候我還在台北師範裡，不管世事，又不懂社會，天天
只有念書打網球。但是一年又一年，我亦快要畢業，不得不離
開學堂進社會，這是我進人生苦海的頭一步，又是慢慢地來了
解日本帝國主義的本質和它死滅的原理。

　　台北師範從前叫做國語學校，是總督府創辦的特殊學堂。
日本的統治者因爲需要他的手足，領臺後馬上就開設一個國語
練習所，開始教授日語日文。這講習所後來改做國語學校，專
門養成師資和實業人材。那時候，就是二十數年前說起，教育
機關只有這個國語學校和醫學校而已，所以這兩個學堂，就是
當時青年的登龍門。因爲這樣的關係，這兩個學堂眞是不容易

考進去。

　　我十六歲的時候，畢業於鄉下的公學校，即小學，就馬上考進去台北師範。那時候我碰到一位半生的盟友，他的名字叫做謝春木，就是日後的謝南光。他的鄉里和我的地方不遠，特別是學堂裡的位置排在隔壁，所以我和他天天一同睡、一同吃、一同玩。他因為父親早已逝世的關係，曾受旁邊種種的冷遇。有一次，他對我說：「我沒有天真的童年時代啊！」所以他很早熟。在師範二年級的時候，就耽讀哲學等的高級書籍。有一次，他拿一本哥德的《浮士德》耽讀著，但是那時候我還不知道《浮士德》是什麼東西。他一方面很懷疑著日本的政治，我的同學們，到了將畢業的時候，拍了一張假裝的照片以為留念。那時候我裝做一個西裝的女人，一位同學裝做卓別憐（卓別林），還有一位裝做算命先生，其他各色各樣，老謝和另外的一位同學，裝做了一個很有趣的場面。老謝穿著一副台灣服，雙手拿者一輪腳踏車，做將要出發的姿勢，車子的後方掛了一個招牌，寫了「提高台灣的文化」的字樣，前面有一個同學裝做日人，站在那邊不肯給他走，車子的前面亦一樣，掛了一個招牌，寫著「不，再等一些罷！」的字樣。這張照片我時常帶在身邊，以為勉勵。

　　我和老謝的交情，不單在台灣，有時在東京，有時在上海。在東京的時候，我們常常在一起，那時候他在東京高師念書，我在東京美專研究藝術。後來又在上海一同幹「華聯通訊社」等的工作，一直到「八一三事變」發生之前。但是歷史的悲劇使我和他分開了，日本帝國主義底殘暴和侵略，使大上海三百萬市民一齊蹶起。向敵人怒吼的「八一三事變」發生的一個禮拜前，他說要到廣西找李宗仁將軍去，特來和我辭行，就此後到現在，我竟沒有見過他。我參加抗戰，為祖國做了一點事情。但因種種的關係，大上海被敵人占領後，我還不能離開

上海，暫留法租界。因此被日警捕獲，押回台灣，被判定六年的徒刑，關在臺北監獄，一直到去年（1943）才回復自由。

抗戰中聽說老謝在重慶，為台灣解放相當貢獻。風聞他在重慶的廣播電臺，明白地說他是謝春木，向台灣民眾做激勵的演講，又風聞他跟蔣委員長參加開羅會談等，關於他的風聞非常的多。直到八月十五號，日本無條件降伏後，關於他的風聞更且厲害了。有人說他在上海被害，有人說他要回來做民政處長。民政處長一發表，又風聞他要做警務處長。因此許多的台胞來找我，好像我亦做了一位要人一樣，弄到神經衰弱。但他竟沒回來，其中當然有種種的理由，但大概是因為他自己的事情，不能離開的罷！

關於他的回想當然很多，民國廿年我在日本岩手縣女子師範學堂執教鞭的時候，曾出版一本日文的著作，名謂《荊棘之道》。老謝為我做了一篇序文，那序文可說該書中的白眉。他在這文中很婉曲地又很厲害地，暴露出日本帝國主義的殖民地政策，揭破帝國主義的基本理念。我很感激這篇文章，所以特別譯出其內容來：

> 王白淵君是我竹馬之友，多年一同睡一同吃，因此我們的交情比骨肉更深。大概是因為這樣的緣故，他將出版其首次詩集的時候，不叫名人叫我寫一篇序文罷。我不知道詩是什麼，但是比任何人都更詳細知道他不能不寫詩的生活。一樣十六歲的時候，我們一同進臺北師範念，那時候我已經著了憂鬱之蟲，但是他很天真，很快活，好像在春前明朗地歌唱而跳舞底小鳥般一樣。他受大家的愛著而離開了學堂。和小孩子們做一起的他，一定很幸福的罷，我在東京這樣地想著。但是經過兩年中間，他亦受著種種社會的苦難，因為血的不同，事事受差別的痛苦，沒道理

的壓迫等，使他明鏡一般清澄的心裡密集了一朵黑雲。他亦充分地嘗過了在殖民地長大的人不能不嘗的東西。由此他決定幹美術。在美術學堂的他，非常憂鬱，不多畫只研究詩文，我們倆常在公寓的樓上，關於台灣人的命運，講到天亮。畢業高師的我，應該要當教員的，但是竟做了一個新聞記者。他亦受著台灣文教當局所忌，連一個藝術教員亦做不到，他們說沒有地位可給他，但日本人的藝術教員，竟由内地聘請過來的。這是血所造成底人類社會的怪現象。他在東京過著浪跡的生活，這時候他將台灣人的悲哀作成詩文。決心爲臺胞教育的，竟到岩手縣女子師範學堂，教日本女子去了，這不是多麼稀奇多麼奇怪的事情嗎？他這本詩集，就在這中間產生的。

　　我們在師範學堂所受的思想，是德國的理想主義，我們都一樣由觀念論——即帝國主義者的思想底武器——做出發點。我們幻想著小孩子般的理想鄉，但是對我們自己幼稚的認識，不久亦認清楚了。

　　在台灣教育台灣人的目標是所謂的同化日本，使之崇拜日本人，輕蔑中國人。在公學校——即小學爲限，卻是可謂成功。剛畢業公學校時代的我們，是一個徹底的日本崇拜者。但是一進出現實社會的我們，不久就了解這種觀念是荒唐無稽的，這是多麼悲痛，更不是多麼痛恨的事情嗎？日人教員常對我們這樣地說：「你們長大，應該做一個好好的日本人，日本政府對你們一點都沒有差別，由你們的實力，都可做任何偉大的人物。」那時候，我們都很高興，所以亦有讚美日本同化教育成功的義務似的。但是能可做任何偉大人物的王君，不是在台灣連一個平凡底中等教員亦做不到的嗎？到這樣的地步，不客氣地說，就是現實社會斷然底勝利。當然這是奇怪而寂寞的勝利，究竟

人爲不能勝過自然的罷。

　　他現在站在三十歲的階段，冷靜地回想過去，然過去三十年的清算能產生什麼東西呢！這本詩集是廿九歲以前的現實，特別是由日本教育忠實的反射鏡所照出的現實。他將這反射鏡送到社會，將把它打碎，然後以台灣人所住現實社會的正射鏡來代替。他現在好像嘗著苦藥的味般地心思，將這詩集做清算藥吞下去。他的真面目，就在這清算之後。《荊棘之道》是他達到廿九歲的生活的反映，同時又示說著他要向那裡去，不必說是他，說是他所屬的社會更妥當。在殖民地長大的我們，特別地站在兩重的荊棘之道，但是要掃開它只有一條路而已，那條路是什麼呢？在這裡我不必明言，但是我們須要大家團結起來，踏入荊棘之道，而掃開它。我相信，我們同胞和王君一樣地煩惱著，又一樣地和他希求著唯一的出路罷！

　　這篇序文所包括的意義，不但是老謝自己思想的表白，更是我和他兩個人所關心的問題。自然是日本帝國主義下的台胞全體的不能不解決的歷史底課題，尤其是中國四萬萬五千萬同胞一樣地所遭受的命運啊！歷史是悲劇中的悲劇，但是一百年來我們中國民族所遭受的命運，特別淒涼，特別底深刻。在得到民族自由的今日，還不能不有「痛定思痛」之感。

被分裂的民族

　　民國十年三月畢業臺北師範的我，照普通一樣，回到員林地方的鄉下，去當公學校教員，那時候，我剛剛廿歲。溪湖是一個靠近海口物資豐富的好地方，民情樸素而敦厚。我擔任第四年級的男學生，那時候我只有教育的熱情，天天快樂地工作，好好地和小孩子們玩，我好像很幸福似的。但是現實的社

會告訴我，台灣顯然有壓迫和被壓迫民族的存在，日本人和台灣人的鴻溝——這不能消滅的對立，一天一天地在我的面前展開起來。蔣渭水先生（這一位民族的先覺者，他絕對是台灣民族的英雄，他到死只爲大眾，一點沒有軟化，一點都不妥協）領導的初期文化協會，確實叫醒了許多被壓迫的大眾。我在這民族運動裡感觸到一點的光明。但是四面環海的台灣，特別是唯一的救星，中國還在軍閥混戰之中，哪裡可達到此種目的呢，我非常同情他們的心志，特別欽服蔣先生的爲人，然不加入他們的運動。

一年後我被調回故鄉二水公學校，五年間離開了家庭的我，竟回到雙親慈愛之巢，過著一家團樂的生活。但是已經知道社會苦悶的我，不能在溫柔的家庭裡過著平凡的生活了。父親喜歡我在鄉下做一個小紳士，母親更喜歡我在她的旁邊，過著晚景的生活。但是我內心的苦悶一天比一天深下去。

那時候我偶然買到一部工滕好美氏的著作，名謂《人間文化的出發》一書。這個富有藝術天才的日本自由主義者，使我的人生決定了一個方向。該書中的幾篇文章非常使我感激。〈原始人的夢〉——這理性以前的世界，混沌底生命感，未分歧的人生，使我了解藝術的祕密，更叫醒我未發的藝術意欲。杜斯妥也夫斯基的〈人間苦〉一篇，使我了解人生二元世界的存在，精神和物質，永生和死滅，基督教思想和希臘思想的對立。因此我的內心亦顯然地感觸到這樣人生二元的相剋。

〈密列禮讚〉一篇，竟使我人生重大底轉向，這當然是我母親遺傳給我的美術素質所使然。但密列[1]——這一位偉大底法國近世畫家清高的一生，非常使我感激之故。我的母親——這鄉下的姑娘，今年七十九歲，還康健的生存著，很富有美術

1　密列，即畫家米勒。

天才。她當然沒有受過美術的專門教育，更沒有拜過任何人為老師，但是她所畫的線條，在受過美術專門教育的我看來，還是非常底高雅，非常音樂的，可惜她的畫都散逸，並無留下一張。我常常嘆氣，嘆著環境不能使我做一個純粹美術家，現在還是如此。殖民地──在被征服民族與帝國主義者的殘暴不斷地對立的社會，一切事業盡是操在日人之手。台灣同胞根本沒有出路，智識階級都是一個一個變成高等遊民，只有學過醫學的人，比較有一點出路而已。在這樣底歷史的環境裡，我煩悶著抱恨著，結果想做一個台灣的密列，站在象牙塔裡，過著我的一生。由此我開始研究油繪。

一年後，我亦感覺到有一點進步，社會人士亦認為我有相當的美術天資。因此我想到東京專門研究美術，老謝那時候已經進東京高等師範文科第一類，我幾次徵求他的意見，又向總督府文教當局接洽，結果竟做總督府的留學生到東京，進東京美術學校。誰知想做台灣的密列的我，不但做不成，竟不能滿足於美術，而從美術到文學，從文學到政治、社會科學去了。由此，我的半生充滿著苦悶、鬥爭和受難的生活。當然這是日本帝國主義的殘暴所使然，但亦是一個和真理以外不能妥協的我的性格所致。在殖民地長大的人，特別是智識份子的去向，異常複雜。在日本帝國主義無微不至的專制之下，不願意做奴隸的人們，特別是富有革命性的人，只有到處碰壁、煩悶、反抗、流浪、入獄。這種人可說是台灣的良心。未來的聖火，這枝聖火不僅在台灣，又是在日本，又是在中國國內不斷地閃耀著。

在多數普通的人們，只在日本帝國主義淫威之下，委曲求全，而謀小利，以養自己和家庭，他們的見解一樣消極一樣自私。但這卻毫無足怪，因為日本帝國主義──這一隻瘋狗，好像永遠不能消滅的猛虎一樣，站在他們的面前，不斷地威迫

著，不斷地咆哮著。至於「御用紳士」者，即土豪劣紳，在國民革命過程中應該芟除的污物，但是在台灣還沒有消滅，反而到處登場，好像台灣的光復，是他們的力量一樣，意氣揚揚地東奔西走。這些民族無恥的敵人，若不完全下台，台灣的民主政治，真是談不到的。

所謂「御用紳士」——即帝國主義時代的奴隸監督者。古昔羅馬帝國時，有一種奴隸監督者，因為當時的社會明分兩種階級，即是自由民和奴隸，羅馬完全是一個奴隸國家，自由民和奴隸的對立非常厲害，非常深刻。自由民因要統治奴隸階級起見，將奴隸階級中最富有奴隸根性的奴隸，起用為奴隸監督者，使其監視奴隸們的反抗，防止其叛亂。這可說是古代的「御用紳士」。

羅馬有一句俗語，云：「奴隸監督者比主人更兇」——但是這毒辣無比的政治手段，還不能消滅奴隸們的自主與反抗，竟不斷的發生奴隸叛亂，特別是斯巴爾塔咖斯所領導的奴隸叛亂規模最大。雖其終局失敗，但是羅馬亦不能不由從前的繁榮，而一直沒落而崩壞。五十年間站在台灣的現代的羅馬，竟被推翻，然奴隸監督者依然健在。革命——這多麼使人家懷念，使人家犧牲，使人家失望的名詞呀！光復不過亦是如此。前年我在台北碰到二十年前，使我的人生一大轉向的工藤好美先生。那時候他在台北帝國大學擔任英文學助教授，聽說已來了十六年之久。

有一次在宴席裡，我曾向他說：「工藤先生，我在二十年前讀過先生的大作《人間文化的出發》，因此到東京研究藝術。就此以來曾受過很多的人生波折，我應該感謝你，還是要怨恨你？」

他搖搖頭，笑一笑，只默默地並無發出一語。

象牙塔裡的夢

民國十四年（莫渝按：此處有誤，應是1923年，民國十二年）四月初旬，我和家族相辭，離別故鄉抵東京。那時正是櫻花將落的時候。

美術學校在上野公園裡，和東京音樂學校相隔壁。這兩個藝術殿堂，均在東京高台上，草木幽翠的公園裡。這非常使我滿意，我天天踏著春雪似的花片進學校。上野公園不僅是日本櫻花勝地，又是文化藝術的中心點，國立圖書館、府美術館、帝室博物館等均在此。這一帶谷中區的胡同裡，充滿著許多的藝術學生和藝術家，好像法國巴黎的羅甸區（拉丁區）一樣，形成著一種特別的風氣。那時候我和謝春木氏（南光）以及另一位朋友，住在神田區今川小路彌生館，離上野不遠的街巷。

東京不愧是世界五大都市之一。文化當然比台灣高得很，但是使我特別滿意的，就是生活的自由和研究的自由。台灣的青年一到東京，不是放蕩無賴之徒，一定有一種難說的感想，說不盡的感慨。一到東京，亦難免受日本警察無形中的監視，但是沒有台灣那樣厲害。天天做一塊的日本人，亦沒有殖民地的日人那樣，夜郎自大的鬼臉，我感著到日人可親可愛，更感著到日本的文化，有人的地方。我天天很規矩地上課，只研究美術。

但是經過不久之後，我的眼光開了。周圍的環境，世界的潮流，特別是中國革命和印度的獨立運動，使我不能泯滅的民族意識，猛烈地高漲起來。藝術這萬人懷念不絕的美夢，從此亦不能滿足我內心的要求了。象牙塔裡的美夢，當然是人生的理想，又是多情多感的我所好。但是一個民族屈在異族之下，而過著馬牛生活的時候，無論任何人都不能因自己的幸福和利害，而逃避這個歷史的悲劇。我這樣想，這樣對自己的良心過問。由此，我天天到上野圖書館去，想研究這個問題的根本解

決。但是我亦不能離開藝術。那魅人的仙妖，好像毒蛇一樣不斷地蟠踞在我的心頭。藝術與革命——這兩條路不能兩立似的，站在我的面前。

以東京美術學校為中心的日本藝術，當然形成著日本上層階級的沙龍藝術，此種個人主義和民眾隔開的藝術，一天一天不能使我滿足。我以為藝術是民眾感情的組織者，萬人共有的文化價值。絕不可為少數特權階級的玩弄物，更不可為俗不可耐的商品。但是現實的社會絕對不是這樣，藝術家自稱精神貴族的藝術家，竟一個一個變成權門底精神奴隸，而不以自愧，反而以為成功者。人類的藝術史明白地告訴我們，原始社會的藝術，完全是民眾感情的組織者，其成果係萬人共享的公有物。我很希望這樣時代的再臨。由此我的眼睛，亦就不能不向現實的社會，加以研究和批判。

自古以來，有良識的人，都沒有一個滿足其所生的社會，除去歷史以前不說。例如春秋戰國時代的老子和孔子，都是不能滿足其社會之代表人物。老子以為：「國家即大盜」，孔子對這個認識，當然亦沒異議。但是老子之透徹，竟看破了這個問題，即在封建社會裡，絕對不能解決，因此遂深藏於草莽之間，只留下《老子》五千言，終不知其去向。其心志之高潔，心情之痛切，在三千年後的今日，還脈脈地痛擊著我們的心頭。至於孔子之聖，當然能理解春秋戰國時代的支配者，竟屬何種人物。但是這個偉大的現實主義者——亦能說偉大的理想主義者，不能因此放棄全體社會，遂蹶起向賊說教，對牛彈琴，以為能可改造社會。其心志之可敬，其努力之可佩，至今還被稱為聖人。但是封建社會的歷史底制約，不能由孔子一個人而遷移，他的政治理想竟歸於泡影，這是理所當然。只在〈禮運〉篇裡，留下了他本來的面目而已。人生已是悲劇，為聖更是偉大的悲劇。

　　理想與現實——這難兩立的名詞，常常使一個人或是一個民族，陷於無間地獄。漢民族抵台灣，本是滅清復明爲宗旨，其民族理想，極其崇高。但是大廈之崩壞竟獨木難支，鄭氏三代不過幾十年，台灣亦跟著漢民族的命運，被滿清所征服。然而清朝被推翻後，台灣還是留在異族控制之下。我常常嘆氣，嘆著中國的不長進，長使我們留在異族之手。因此我非常同情波蘭和印度。我喜歡波蘭的熱情，又愛好印度的靜寂。被三強國割分的波蘭，被現代的羅馬所征服的印度，這民族的悲劇非常使我同情。這當然是因爲同病相憐之故，又是我內心生活使其然。波蘭的熱情竟產生高次的音樂，和不斷的反亂。印度的靜寂竟產生宗教、哲學和甘地的無抵抗主義。奔流一樣的感情，和澄清如水的理性，在我的內心形成兩極。而在波蘭和印度的精神裡，可發現我內心此種兩極的面容。因此我特別酷愛波蘭和印度。蕭邦那哀切無比而狂亂的音樂；志士柯秀志科波瀾萬丈的一生這竟是詩，竟是戲曲。我記得，大概是民國十五年（莫渝按：此處有誤，泰戈爾先後訪問日本四次：一九一六、一九一七、一九二四、一九二九年。一九二四年四月，泰戈爾先到中國訪問，由徐志摩人作陪，隨後七月，也由徐志摩陪同往日本，王白淵的回憶應屬此年，民國十三年。）的初秋，印度的詩聖泰戈爾到日本來，日本朝野對他的款待，可說曾未有。那時候我已經讀過他的詩和哲學，非常敬慕這個東方主義的詩人。

第三輯
與王白淵同心

王白淵詩集《荊棘之道》

巫永福

　　民族人道主義者王白淵，是台灣現代最重要的傑出美術
評論家兼詩人，對台灣現代美術貢獻甚大。他於一九三一年六
月一日在日本岩手縣盛岡市出版的詩集《荊棘之道》，是台
灣人早期所出版的珍貴現代詩集之一。這本已絕版的詩集有
一九三一年一月十七日謝春木寫的序文及一九三○年二月五
日王白淵自寫的詩序外，有無標明寫作日期的詩六十六首；
與一九二六年八月十五日作的短篇小說〈偶像之家〉一篇，
一九二七年九月廿日脫稿的〈詩聖泰戈爾〉，一九三○年一月
卅日脫稿的〈甘地與印度獨立運動〉等論文二篇及一九三一年
二月十六日在上海所譯的左明原作〈到明天〉獨幕劇日文戲曲
一篇。王白淵的詩深受一九二○年代盛行於日本的象徵主義及
傑出詩人石川啄木的影響。他崇拜印度詩人泰戈爾、嚮往甘地
的印度獨立運動。此詩集已歷經將近六十年，殘本甚少，因係
日文寫作，恐被遺忘失落。最近未亡人獲林清先生歸還一本，
雖已破舊卻成至寶珍藏。因借得此本加予影印，先將詩作譯為
中文，重現於世是所願也。

　　王白淵一九○二年生於日本占領下的彰化縣二水。八歲時
入讀二水公學校，然後考上台北師範，一九二三年負笈日本，
在東京美術學校（今之東京美術大學）攻讀美術理論。畢業後
任日本岩手縣盛岡師範學校教諭，教授美術五年。一九三二年

於東京與蘇維熊、張文環、吳坤煌、施學習、巫永福等留學生組織「台灣藝術研究會」創刊台灣人第一部日文純文藝雜誌《福爾摩沙》。因其所持民族主義思想、被迫失業，乃轉往上海，在上海美術學校任教。不久以抗日行動爲由被日政當局判刑坐獄八年，是台灣早期政治受難者之一。一九四三年出獄。光復後曾任台灣新生報、文化協進會、手藝中心、紅十字會等機構編輯、總幹事、主任等職。最後轉入大同工專任教並在中國文化學院（今爲大學）、大直實踐家專（今：實踐大學）等校兼課。其間以「言論影響青年」、「知情不報」等罪名坐牢三次，眞是不幸。

一九四六年（民國35年）與萬華名人倪炳煌之千金雲娥小姐結婚，生一男以仁，一女慧變。一九六五年（民國54年）身患糖尿病引起尿毒症，救治無效，十月病逝於台大醫院。享年六十四歲。火化後葬於淡水鎮竹圍里米粉埔墓園。

緬懷王白淵

巫永福

　　一個人死去，還常能使人緬懷者實在不多，雖已去了二十年，台灣新詩草創期的傑出傷痕詩人王白淵的影子，卻常在腦子裡環繞，談論新詩與美術的時候，他就會出現於我的面前。他一九〇二年生於彰化縣二水鄉，一九六五年死於台北。有詩集《荊棘之道》，也常發表詩於台灣藝術研究會《福爾摩沙》、台灣文藝聯盟《台灣文藝》，及美術評論於報紙。曾任日本岩手縣盛岡女子師範學校教諭，大我十一歲。我們曾於一九三二年在日本東京組織「台灣藝術研究會」，並發刊文藝雜誌《福爾摩沙》，尤受注目。這也是我文學活動的開端，也就是我們開始有團體有組織的文藝運動，算來已五十多年了。其間他雖曾坐牢，卻始終不改其人道主義，改革社會的意念，憂心祖國與台灣的命運，雖不富有卻非常平易樂於助人，不論是什麼樣人他都會關懷地與之會談，想辦法替他解決問題，就是他這樣的人格使然吧！一九三七年我在台中曾聽到他在上海被捕送回台北入獄，深感悲哀。

　　光復後，我們又在台北混在一起。其時他服務於台灣區電工器材公會，我服務於中國化學製藥公司任總經理，常談台灣新詩與美術的問題，或託我辦他友人的事情。他與倪夫人生一男一女，正遇著他晚年最安定、最幸福的生活，竟於一九六五年十月三日下午九時五十分因尿毒症逝世。台北文化界的好友

隨急相告，陳逸松、吳坤煌、施學習、王詩琅、王昶雄、吳濁流、吳瀛濤、劉捷、劉榮宗（龍瑛宗）、鄭世璠、郭水潭、廖漢臣、張維賢、江鏡鋪、郭玉榮與本人等，於十月五日假台灣區蔬菜業同業公會會議室，召開第一次治喪委員會，並議定：

出席者爲當然委員即時成立治喪委員會辦理治喪一切事宜。

葬儀除尊重遺族舉行家祭外，不另採取宗教奠祭。

告別式在送殯火葬日十月九日下午一時起家祭，完畢後，下午二時起，由治喪會舉行告別追悼奠祭。

推舉謝東閔爲主任委員，丘念台、朱昭陽、林挺生、陳慶華、陳逸松、黃啓瑞、楊肇嘉、蕭貴川爲副主任委員，王超光、王詩琅、王昶雄、巫永福、江燦琳、江鏡鋪、李君晰、李石樵、李超然、林之助、林丁炎、林玉山、吳新榮、吳濁流、吳坤煌、吳瀛濤、周井田、黃得時、陳進、施學習、郭雪湖、郭玉榮、張文環、張維賢、劉榮宗（龍瑛宗）、劉捷、劉啓祥、劉登棉、楊三郎、廖漢臣、廖能、廖繼春、鄭世璠、陳夏雨、蕭苑室、蘇維熊、儲小石等爲委員，總幹事爲郭玉榮。

請各親朋戚友儘可能送奠儀以供遺孤教育費用外，由總幹事通知日本遺族橫灘芳枝。

治喪辦事處設在中山北路一段一二一巷二四號。

接著又於十月八日下午七時在民權東路市立殯儀館餐廳舉辦惜別晚餐會特別哀思，並召開第二次治喪委員安排送殯、葬儀事宜，出席者爲謝東閔、朱昭陽、陳逸松、黃啓瑞、蕭貴川、王詩琅、王昶雄、巫永福、江鏡鋪、李石樵、李超然、林玉山、吳濁流、吳坤煌、吳瀛濤、黃得時、施學習、郭水潭、郭玉榮、張文環、張維賢、劉榮宗（龍瑛宗）、劉捷、廖漢

臣、廖能、鄭世璠、陳夏雨、蕭苑室、蘇維熊等三十八名，會中議定：

> 弔聯爲披荊斬棘文壇痛失先驅
> 抗暴圖強孤島長留典範

告別式程序參照故王古井先生之方式：一、告別式開始；二、奏哀樂；三、行鞠躬禮；四、誦經；五、弔辭依序爲治喪委員會主任委員謝東閔、大同工學院院長林挺生、台灣文化界代表陳逸松、台灣區電工器材公會代表潘迺禧、人民團體同仁代表蕭家棟、友人代表朱昭陽、親戚代表謝敏初；六、朗讀各界弔電；七、默禱三分鐘；八、獻奏故人愛好歌曲；九、張文環代表遺族致謝辭；十、自由拈香；十一、奏哀樂；十二、禮成。

是夜最有意義的是各委員在會中所發表的哀思：

謝東閔：白淵兄是我同鄉，又是小學同學，童年好友。他讀台北師範後留學日本，進學東京美術學校，而我讀台中省一中，畢業後渡海到祖國去唸書，彼此分離東西，到了光復後方再在一起。想不到他忽然逝世，本來他跟我講要辭掉電工器材公會差事而希望在我學校教書。我是很歡迎他來幫忙，能夠擔任日語或美術史的講師，聘書也已經備好只等他來。可是唉！沒過幾天，他竟然一病而長別我們，實在太意外！使我惘然而痛惜。關於白淵兄的故事很多，我講一段，聊表哀思敬悼。民國十七年我在廣州中大時，有一天突然接到日本某女士的一封信，雖然感覺得奇怪，打開一看，原來是白淵兄的女朋友寫來的。裡面有一段寫的是：「愛情是無分國境的」。柔情綿綿對於白淵兄一片眞情，我很感動。那麼，這位女士就是白淵兄的

那位日本太太了。

　　張文環：白淵兄和他日本太太離婚而到祖國大陸去的前後情形，我是最清楚的，也知道得最詳細。他的太太是他在盛岡師範學校教書時的學生。他們倆到了東京的時候，聽說曾有一個男孩因流產而死掉。後來白淵兄因事，師範教員被解職，要離開日本到大陸去，不得不與日本太太離開，夫妻話別實在很慘痛，並不是愛情有問題而仳離。因為日本政府對於民族的歧視，才為了民族意識及尊嚴離別的。他到了祖國後，雖然知道他日本太太生了一個女孩子，而非常高興，但卻寫了一首石川啄木調的詩──「被日本帝國主義者放逐的人，不能讓他親生孩子叫一聲「爸爸」，哀哉兮。」藉此諷刺他自己的心情。

　　由於白淵兄誠摯待人，對朋友太厚道，所以他在當時當師範教員的地位，可以拿日幣一○元，是可觀的數目，生活應該是很富裕，可是他來到東京後，外表穿著整齊的禮服，口袋裡卻常是空空無幾塊錢。這就是他好施捨而救濟朋友的緣故。他的為人如此，致使他現在的太太，很辛苦了這些年，可說他光復後娶了這位賢慧的太太，才能夠有了幸福的家園，始得享受十多年的人倫快樂，這位太太的功勞可說偉大啊！

　　李石樵：白淵兄是我美術學校的老前輩，也是我個人的導師，每次要畫一幅畫的時候，請教他，他就說：創造藝術，先要把握一個中心點，也就是說你要畫什麼？創意要顯明，才能夠創造出一件有力而完美的作品。他的仙歸，可說是美術界失掉了一個暗夜的明星了。

　　王詩琅：白淵兄雖然不是一位出名畫家，但是他的美術批評是到家，是很有權威的，一方面他會做人，這個精神動力，

自然而然成爲藝術界，尤其美術界的誌標了。

吳濁流：白淵兄和藹待人，誠懇地幫人家的忙，都是出於他秉性的流露，可說是一個人道主義者。他到了死去的臨終瞬間，還自信他不會死，精神可嘉而且尚抱著一個樂觀的希望，才沒有覺悟要完了。

朱昭陽：白淵兄是我師範的同學，我從日本回來時，是麻煩他給辦理手續的。他是美術工藝的設計家，我才設法請他合作設立一個美術傢俱工藝社，改良生產家庭用新穎鮮美的傢俱。可是由於他人好、做人慷慨，對金錢淡泊而無所謂，所以傢俱工藝社到後來，因爲經營無利而關門了。他的逝世太意外，哀惜莫如矣。

蕭苑室：白淵兄與我是同鄉，他自青年時代就奔走於日本與中國大陸，好像思想很自由平等，就以婚姻來講，他主張同姓可聯婚，可見其一般了。六十四歲來結束一生，太可惜了。

廖漢臣：他臨終時尚想不會死，有這個自信一定還有一個打算。他的抗暴精神，不屈不撓的勇氣，有如國父孫中山先生的革命精神。現在我朗誦孫中山先生一首詩，以誌哀紀念。

> 半壁東南三楚雄，劉郎死去霸圖空。
> 尚餘遺策艱難甚，誰與斯人慷慨同。
> 塞外征鴻嘶戰馬，神州落日泣哀鴻。
> 幾時痛飲黃龍酒，拋卻江南一鄭公。

吳坤煌：白淵兄，你早我們歸宿，太突然太意外，聽到這個訃聞，使我茫茫然不知所措。到現在你好像還活在我們中

間，你的永眠把我一棒擊倒了。白淵兄你最關懷我，如我慈母似的你最幫我忙，如我手足似的，但我處處對不起你，幾次由我牽連到你，使你受了災難，雖然苦悶是時代的潮流，幸乎！不幸乎？但留下來的我們，還要擔這個重荷，只渴望你，你偉大的英靈照亮我們，讓同樣軟弱的我們，手握手的力量負起這個扁擔，一步一步再一步，在所走的路途上，有一縷光明。

　　陳逸松：今晚我們請白淵兄的英靈與我們同座，開了與他惜別的最後的晚餐會，文化界同仁老友這麼多能夠聚餐在一起，也與故人談了很多有意義的話，相信白淵兄英靈也很快慰才是。

　　白淵兄與我有三十多年的交往，所以他的逝世，痛失一個老朋友我是最難過的。他由日本監獄出來的時候，第一天就到我律師事務所來，因為無所依靠，我才想辦法照顧他的生活之計了。他的好處很多，他做人平和，對於生死不在乎，對於富貴更不足道，對人生可謂達觀。生死本來有巡迴，如果能夠站在虛無之絕頂，那麼精神豁然，不怕強暴，保持了浩然之氣，正氣之道了。

　　雖然白淵兄是一介軟弱書生，對於日本帝國主義對殖民地台灣的壓迫，他是絕對不屈服，不屈不撓地抵抗過來的，始終一貫保持了民族精神，祈求和平與平等。我們這些同他一樣軟弱的台灣人，可是也要學白淵兄，繼續保持這種精神才好。

　　他今晚與我們離別，明早就要坐飛機出發，由松山機場到別的世界去了，也許是到月亮，也許是到太空某處去旅行。我們與他離別是暫時的，終歸我們將來也會在一塊兒，希望大家自愛保重。大家舉杯送別白淵兄，以誌哀惜和紀念。

　　李超然：白淵兄的民族意識很深，同時也是台灣文化界

出群的美術評論家。就如台陽展、省展，每次都經過他評判而有進步。所以他對台灣美術界的貢獻，是不可埋沒的偉大工作者，可說是台灣美術界的指導力量。

　　張維賢：古井兄與白淵兄雖是對於藝術同一型的人物，可是嚴格說起來，一個是真正的不懂藝術而關心藝術，而很照顧藝術家，幫忙了不少人。一個是真正藝術，如原子力量發散其能力，影響藝術後進。白淵兄是屬於這型態的好人，他會做人，也注意做人，才能夠指導人。現在的年輕藝術家叫苦連天，他們不知道我們以前怎樣為藝術而吃了更苦慘痛的生活。所以這些人中出不了真正的藝術家，如白淵兄這種人，難得繼續有人了。哀哉！痛哉！

　　郭水潭：我認識白淵兄是光復以後的事情，我在一德商行，過了中山北路大街道巷書，就是他的家。他真會做人，愛幫朋友忙，我如今失去了一個關心我們的摯友，實在太寂寞。誰有勇氣像他始終一貫關懷朋友，幫朋友的忙？

　　江鏡鋪：我是白淵兄的親戚，我只要說他最後講了一句「精神快要崩潰了」。什麼意思，我不知道。

　　王白冬：多謝各位文化界朋友為家兄舉辦這個晚餐會。相信家兄在天一定比什麼還要高興的。

　　是晚我們台灣藝術研究會《福爾摩沙》的同仁蘇維熊、張文環、施學習、吳坤煌都來參加，久敘當年在東京的氣概，真是感慨萬千。而今蘇維熊、張文環也一樣作古，就憶起白淵兄的詩集《荊棘之道》，原來我們的人生都充滿著荊棘，要你過

關斬將富有刺激與變化，也想起這些點點滴滴，也算是表達我
的一點點哀思而已。

原載於《民眾日報》1985年3月20日

荊棘之道

劉　捷

　　「荊棘之道」不僅是耶穌的荊冠，也是釋迦的「泥水蓮花」，在毒世惡環境中詩人文學者懂得此理，也能告訴人人了解「荊棘之道」如泥池，儘管污染多大其開的蓮花亦大，煩惱即可化為菩提……。

　　《荊棘之道》是王白淵先生（1902～1965）的日文詩集，共有六十三篇。他另有〈給予印度人〉、〈偶像之家〉、〈詩聖泰戈爾〉、〈甘地與印度獨立運動〉、〈立在揚子江〉、〈到明天〉的詩文作品，但經過數十年的歲月，難見原文。

　　本文借讀王昶雄兄祕藏的影印本《荊棘之道》，今年又是故人逝去三十周年，重新欣賞體會「荊棘之道」之精神，亦可回顧台灣文學創造若干的過程，而意外的發見該詩集的序文作者是謝春木先生，他是彰化縣二水同鄉、台北師範的同學，日據時代台灣民眾黨的祕書長，並有《台灣人的要求》等的著作。抗戰期間，他是軍事委員會國際問題研究所的名將，我與謝、王兩人都有交往接觸，兩人都是台灣民族運動，台灣文學的前輩先覺。

　　而謝春木先生以追風的筆名所寫的〈彼女何處去〉一作是新文學創作的先鋒，為人人樂道。他在〈詩集序文〉中說：「由於血液的相異，事事受到差別待遇，感到憤怒，對於理不盡的人，原本如鏡清澄的心上密雲凝集。這也就是殖民地人民

人人嚐舐的苦悶。王君投入美術學校，多感憂鬱的他，研究詩文，我們兩人深夜在學生公寓討論台灣人的命運不只一次兩次……。《荊棘之道》是王君二十九歲的影像，也是何處去的暗示，與其說是王君本身不如說是王君與我所屬的社會、殖民地生長的我們如此處處行走《荊棘之道》，拂拭之方法只有一條，那是我們提攜團結，踏破如此重重的荊棘而已，我如此相信，我與王君日夜煩惱，同求解脫，救濟之道。」

由此序文可見，《荊棘之道》其創作當時的台灣人處境及書名荊棘之道的主題寓義，國內作家王昶雄、巫永福、葉石濤、林曙光、呂興昌、李魁賢、陳才崑等人，曾對王白淵及荊棘之道，作過研究、介紹、評論，然而大都偏向於文藝評論，筆者此次重讀該項作品，首先閱讀謝春木先生的序文重新發見，這是一本「思想詩」之書，思想詩的名詞罕聞，浪漫、自由的抒情詩是本世紀初期文藝思想的潮流，王白淵在盛岡市擔任女校教師時期，盛行的京都大學教授廚川白村有「苦悶象徵」的名言，相馬泰三有長篇小說《荊棘之道》，柳原白蓮夫人有傳記小說《荊棘之實》之作等，正是人道主義，基督教思想瀰滿的的大時代，青年王白淵可能亦在此潮流中受到影響，加上殖民地的民族意識。他的第一首詩：

> 太陽未出，蝴蝶之魂在那裡？
> 往地平的那方飛去
> 君知蝴蝶的去處
> 朋友們！
> 為共同作業
> 撤廢標界
> 勇往戰地的彼方

吾知君知
地平線那方的光
東天黎明之兆
朋友喲
彼此是兄弟
撤廢國境墓標
為聖的亞細亞而為

　　《荊棘之道》確實是思想詩，他為民族差別煩悶。「荊」
是有刺的植物，基督教聖經處處皆有荊草的記載，也有荊的基
督荊冠，在〈追慕基督〉的一篇裡面表示：

天晴無雲之日
我追慕基督耶穌
春天野步上
我口吟山上之訓
微聞路邊野草聲音
「所羅門榮華不及一草……」
遙遙無限的森林
水影小鳥的歌唱
「一切皆空，只有藝術不朽
藝術亦能消失只有愛殘留
愛亦將消逝只有生命
萬物流轉時光之靜寂」
此時有聲：「靜止吧，汝等池中之蛙」

　　荊棘之道，有人譯成道路、途上，白淵兄的本意應該是基
督、泰戈爾、甘地的「道」，禪有「煩惱即菩提」、「泥水蓮

花」，超越甘苦，人世是苦海，但如何克服苦難之道？白淵兄的詩，有花木、春天、鳥語，也有〈蓮花〉。

　　乘黃昏，尋找不忍池[1]
　　佇立橋上觀看蓮花大池
　　無數獨木舟，在漂遙、活動
　　印度聖者們的夢鄉
　　透過眼鏡我仍看出她的肉體
　　豐麗，優美，不驕慢
　　毫不排斥他人
　　不污染的蓮花
　　我為自己本身慚愧

　　如此，荊棘是多刺苦難的象徵，難行的一條路，也是本世紀初以來台人所經過的命運，苦楚的現實。王白淵先生是一位偉大的思想詩人，「荊棘之道」不僅是耶穌的荊冠，也是釋迦的「泥水蓮花」，在毒世惡環境中詩人文學者懂得此理，也能告訴人人了解「荊棘之道」如泥池，儘管污染多大其開的蓮花亦大，煩惱即可化為菩提。

　　　　　　　　　　　　　刊登《台灣新聞報‧西子灣》「禪眼鏡」專欄

1　上野公園。

尋找靈魂的故鄉：王白淵日本時期的思想形成 ——以《荊棘之道》為主

橋本恭子

一、前言

王白淵（1902～1965）唯一的日文詩文集《荊棘之道》[1]是台灣新文學史上第一本日文詩文集。居住於日本的王白淵，一九三一年出版該書之後，一九三二、三三年在東京積極領導左翼文藝團體「台灣文化同好會」，繼而參與「台灣藝術研究會」，因而他在台灣文學史上，被視為台灣左翼文藝運動的重要創始者和活動者之一。

柳書琴最近的研究證明，這本詩文集對當時的台灣青年影響頗鉅，產生了不少《荊棘之道》精神的跟隨者，例如林兌、吳坤煌、張文環等。張文環甚至在一九四三年發表了一篇題為〈荊棘之道繼續著〉的隨筆，表示對王白淵式的文學志向的共鳴。[2]

其實，如陳芳明所說，王白淵善用「暗喻」和「高度迂迴

---

1 原題《棘の道》，1931年，日本岩手縣盛岡市長內印刷所負責印刷，久保庄書店發行。目前《棘の道》較完整的中文譯文有兩種來源：一、巫永福在《文學界》（1998年，第二十七期）譯出該書之詩作部分，即六十六首詩，二、陳才崑（彰化縣作家作品集1《王白淵‧荊棘的道路》，1995年）則除了詩以外，譯出論文、短篇小說、翻譯等全部作品。本文提及之詩作皆採用巫永福譯文，其他則採用陳才崑譯文。至於錯譯處，由筆者修改。

2 柳書琴〈變調之旅：張文環等中部青年的帝都經驗與文學〉，台中縣政府主辦「台中縣作家與作品研討會」發表論文，2000年3月；〈棘の道：台灣作家張文環の戰爭期の文學觀〉（〈荊棘之道：台灣作家張文環戰爭期的文學觀〉），日本東方學會發表論文，2000年5月19日。

手法」的詩作，「並沒有像楊華或同時代的詩人那樣透明」[3]，實在難以理解《荊棘之道》所涵蓋的王氏思想。再者，陳芳明雖然認爲王白淵是台灣左翼文學的重要創始者之一，卻不得不指出「企圖從現有譯成漢文的新詩，來窺探王白淵的左翼思想，確實是相當困難的」[4]。

相對於其他一九二〇年代留日台灣菁英，例如謝春木、楊雲萍、吳新榮諸人，抵達東京後立刻參與社會運動，一九二三年至日本學美術的王白淵，雖然關心民族問題，卻一直踟躕不行，但經過長久的歲月，逐漸醞釀出獨特的思想。一九三一年出版了《荊棘之道》一書，成了左翼文藝運動的領導者。

不易理解的《荊棘之道》詩作，及難以窺探的左翼思想，是否是王白淵經年累月的思想波折所使然？他究竟在東京和後來任教的盛岡市，過什麼樣的日子，形成了什麼樣的思想呢？他以《荊棘之道》達到了什麼樣的藝術成就，而變成了左翼文藝運動的領導者呢？

本文旨在探討寫成詩文集《荊棘之道》的王白淵日本時期的思想形成的過程。因此，筆者在第二節，略述日本一九二〇年代的社會情況，及台灣留學生的形象談起，以勾勒出王白淵日本經驗的獨特之處。接著第三節，討論王白淵同時期發表的兩篇主要論文〈吾們青年的覺悟〉與〈詩聖泰戈爾〉，以尋繹他的基本思想。

最後，試圖詮釋《荊棘之道》的詩作，更加探討他的思想如何展現於藝術上。如此，由大環境開始，漸狹的討論，希望能夠深入理解擺盪於藝術與革命之間，走在人生荊棘之道的王白淵，其日本時期的思想形成及成果。

3　陳芳明《左翼台灣》，麥田出版，1998年，頁156-159。
4　同前書，頁157。

二、一九二○年代的留學生形象

蝴蝶飛回來
被五月雨淋濕
疊羽而息
於葉蔭暗處

打破沉默
鐘聲響動
我的心靈醒了
從象牙之塔

回歸現實時
我的心騷動
再次面對吧
永遠無終的彼方

〈打破沉默〉

　　王白淵置身於日本的一九二三年（大正12年）到一九三三
年（昭和8年），正好是從大正到昭和時代的轉換期，也是日
本思想界與文學界認定的激烈動盪的轉換時期。我們根據思想
界與文學界的動向，對照王白淵日本時期的社會情況。

　　王白淵的日本時期，大致可分爲三個階段：一、第一東京
時期（1923年4月～1926年12月）；二、盛岡時期（1926年12
月～1932年11月）；三、第二東京時期（1932年11月～1933年
7月）。

　　王白淵的第一東京時期，正好是大正時代末期，他從東京
美術學校師範科畢業後，離開東京。不久，大正時代就結束了

（1926年12月25日）。

王白淵抵日的一九二三年，發生了關東大震災。日本軍部趁著災後的混亂，殘殺了不少社會主義者，社會主義運動因而被迫停滯，剛萌芽的日本普羅文學也難以發展，只能儲備「第二次鬥爭時期」的力量。但同時期（大正時代末期），日本文壇卻相當熱鬧，普羅文學的「革命藝術」與新感覺派等的「藝術的革命」，甚至傳統的寫實文學都混淆而無牴觸地同時存在，新刊同人雜誌也五花八門。[5]

昭和時代開始於一九二七年，當時，王白淵居住在岩手縣盛岡市，任教於岩手女子師範學校。此時，曾在大震災後的反動時期，被迫停滯的日本社會主義運動，因導入馬克思主義又蓬勃發展，邁入第二次鬥爭時期。普羅文學也壓倒其他文學席捲文壇，尤其在一九二九～一九三一年的頂峰期，共產主義文學在藝術與運動上，發揮排他性的力量。

至於留日台灣學生的文化運動，早始於第一次世界大戰之後，隨著民族自決主義思想的抬頭，於一九一九年在東京成立了「新民會」，其中學生會員另外組織「東京台灣青年會」，一九二〇年發刊機關誌《台灣青年》。到了昭和時代，共產主義在日本思想界很明顯地抬頭，在東京的台灣留學生也受其影響。結果，向來以主張民族自決主義維持其統一的台灣青年會內部，產生與逐漸傾向於共產主義的一派學生之對立，甚至在青年會內設置了社會科學研究部（簡稱為社研部），最終佔領青年會。[6]

不過，一九二八、二九年連續發生了大規模壓制日本共產黨的「三一五事件」及「四一六事件」，許多台灣青年會的成

5　參見：平野謙《昭和文學史》，筑摩書房，1963年；期刊《國文學》（特輯：プロレタリア文學の探求）（〈探究普羅文學〉），學燈社，1959年。

6　參見：《台灣社會運動史，1913-1936年，第一冊·文化運動》（台灣總督府警察沿革誌第二篇），創作出版社，1989年。

員也被拘捕，台灣人的運動難以進展，幾乎陷入覆滅的狀態，必須轉朝另一方向推進。

一九三〇年代初，王白淵出版《荊棘之道》之前，又回到東京。此時，東京的台灣學生運動瀕臨滅亡，便試圖「在文藝、文化運動合法性的掩護下，漸次開拓新境地」[7]。

在這樣的時代脈絡裡，一九二〇年代的台灣留學生，無論是王白淵或其他人，多多少少身陷於動盪時代的浪潮中，有的憧憬社會主義，有的覺醒民族主義，勇敢地投身於學生運動。其中在台灣新文學史上，名垂後世的是謝春木、楊雲萍、吳新榮。謝、楊、吳三位留學生，幾乎同時開始文學寫作與參加學生運動。

謝春木（1902～1969）是王白淵的摯友，他的留日時期是一九二一到一九二五年。他於一九二一年前往東京高等師範就學，當選東京台灣青年會幹事，熱衷台灣文化協會活動，以及投入議會設置請願運動。另外，在京期間謝曾任《台灣民報》編輯，並以「追風」的筆名發表小說〈她將往何處去〉[8]和詩作〈詩的模仿〉。[9]在台灣文學史上，追風的〈她將往何處去〉是第一篇小說，〈詩的模仿〉亦是第一首新詩，謝春木可說是台灣新文學的始祖。但他早就放棄文學創作，熱情投身於社會運動。一九二五年台灣發生了「二林事件」，他立即主動退學，離開日本參與救援行動，並轉任《台北民報》台北支局。[10]

楊雲萍（1906～2000）的留日時期是一九二六到一九三二年。他唸台北一中時期，曾發行台灣第一本白話文雜誌《人人》，也在《台灣民報》上發表過不少詩、小說及隨筆。他在

7　同前書，頁60。
8　〈她將往何處去〉（〈彼女は何処へ〉）《台灣青年》4～7號，1922年。
9　〈詩的模仿〉（〈詩の真似する〉）《台灣》第5年第1號，1924年4月10日。
10　同註2。

一九二六年四月，抵東京入學於日本大學預科，五月當選台灣青年會評議員。他赴日第一年的一九二六年到一九二七年，身為青年會評議員，為設置社研部而到處奔走。同時也在《台灣民報》上陸續發表〈光臨〉、〈弟兄〉、〈黃昏的蔗園〉、〈加里飯〉等短篇小說。除了〈弟兄〉之外，其他作品都以台灣的社會問題為主題。一九二八年三月，楊雲萍在日本大學預科畢業，進入文化學院文學部創作科後，發生了「三一五事件」。這事件對楊雲萍的打擊大得不可估量，他不再參與政治活動，同時也急速減少創作，只在文化學院專心研究文學。一九三一年文化學院畢業，一九三二年返台之前，只發表兩篇小說〈秋菊的半生〉、〈青年〉，以及一篇隨筆而已。[11]

　　吳新榮（1907～1967）於一九二五到一九三二年留日，他的情況是「先有左派運動，才有左翼的文學創作」。[12]一九二五年，他赴日就讀金川中學，畢業之後，一九二八年考進東京醫學專門學校。此時，台灣青年會剛剛完成了左右分裂的過渡階段。他參加台灣青年會與社研部被解散之後成立的「台灣學術研究會」。不過，一九二九年發生了「四一六事件」，許多日本共產黨員被捕，台灣青年會的許多成員也被搜捕，吳新榮也被拘捕。其事件對他的打擊，不可謂不深，他離開了政治活動，選擇文學，一九三〇年開始發表新詩，以文學形式表達少數民族抗議的聲音。一九三〇年發生霧社事件後，他以山歌的形式寫出〈霧社出草歌〉。[13]

　　反觀王白淵，被視為「台灣左翼文學重要創始者之一」[14]的他，第一東京時期竟然沒有參加學生運動，也沒有創作、發

11　參見：塚田亮太〈楊雲萍初期作品の檢討——所謂社會主義憧憬をめぐって〉《日本台灣學會第二回學術大會論文集》，2000年6月3日。
12　陳芳明《左翼台灣》，麥田出版，1998年，頁174。
13　同註12。
14　同註12，頁156。

表重要的作品，實在令人好奇。和謝春木同年紀，比楊雲萍與吳新榮年紀稍長的王白淵，好像很消極、不怎麼才華洋溢的樣子。王白淵究竟在東京過了什麼樣的生活呢？

他本來是個「天眞爛漫」的小孩。台北師範學校時期，他「不管世事，又不懂社會，天天只有念書、打網球」。一九二一年畢業之後，任教於溪湖公學校及二水公學校。在教學期間對殖民地台灣的民族問題才覺醒了，他在蔣渭水等所領導的文化協會運動裡「感觸到一點光明」，不過他「不加入他們的運動」。後來，王白淵偶然看到工藤好美的著作，其中〈密列禮讚〉一篇，使他的人生轉向。他認為殖民地的環境裡「台灣同胞根本沒有出路」，故「想做台灣的密列，站在象牙塔裡，過著我的一生」，便到東京專門研究美術。

對於王白淵被文化協會等運動吸引，卻不加入的因素，以藝術評論的角度研究王白淵的羅秀芝推測出兩個原因：一、王白淵人在南部，難以參與北部地區的活動；二、社會意識較強的好友謝春木已在東京就讀，所以王白淵欠缺有力的同伴。[15]不過，王白淵這種關心民族問題但無動於衷，始終逃避於象牙塔裡的人生態度，即便到東京和謝春木同居後也不曾改變。

王白淵的東京生活，確實在「藝術」與「革命」這兩個不能兩立似的理想激烈交戰之中。他雖然在象牙塔裡十分享受「生活的自由和研究的自由」、「天天很規矩地上課，只研究美術」，但不久，「個人主義和民眾隔離的美術」一天一天不能滿足他。並且「周圍的環境、世界潮流，特別是中國革命和印度獨立運動」促使王白淵走出象牙塔，「由此天天到上野圖書館去，想研究這個問題的根本解決」。

從和他一起生活的謝春木看來，美術學校時代的王白淵

15　羅秀芝《台灣美術評論全集·王白淵》，台灣省立美術館策劃，頁29。

「一直憂憂鬱鬱，研究詩多於作畫，於寄宿處的二樓徹夜談論台灣人的命運，豈止一二次而已」。王白淵當時雖深受謝春木的影響，但尚未投入社會運動，寧可沉浸在詩的世界裡，和同班同學合作發行同人雜誌《GON》。[16]由於藝術「那魅人的仙妖，好像毒蛇一樣不斷地蟠踞在他的心頭」，故他無法投身於現實世界裡。

羅秀芝認為王白淵在美術學校的三年歲月，「就像是蒙上一層黑雲的詩人天空」[17]。對王白淵而言，這就是夾於「藝術」與「革命」之間苦惱的、掙扎的、「憂憂鬱鬱」的日子。在這些日子裡，王白淵感受到的痛苦何等深刻，從後來他所說的一句話：「理想與現實——這難兩立的名詞，常常使一個人或一個民族，陷於無間地獄。」可以想像的。不過，他雖然和難兄難弟的謝春木一起生活，屢次徹夜談論台灣人的命運，卻不被人左右，獨自站在苦悶的生活裡，徹底尋找自己要走的路。筆者認為王白淵這種誠實的態度，必定是他逐漸鍛鍊出獨特的想法，最後結成《荊棘之道》果實的原因吧！

另外，我想時代環境對他的思想形成過程也有所影響。大正末期，社會主義運動較為低落，留日台灣學生運動也還在萌芽時期。這些社會環境允許王白淵不必立即投入社會現實，可以慢慢思索自己的問題。到了昭和初期，社會主義運動最為蓬勃發展，並且牽涉到台灣留學生的時候，他卻離開了東京的波濤洶湧，穩定地落腳於東北的一座城市，繼續深入思索，繼而將思索的成果一一寫成詩與論文。

我們下一節，針對王白淵盛岡時期所寫的兩篇論文，探討他在東京逐漸孕育形成的思想，達到什麼地步。

---

16 小川英子・板谷榮城〈盛岡時代的王白淵について〉《台灣文學の諸相》，綠蔭書房，1998年，頁12。

17 同註15，頁38。

三、〈吾們青年的覺悟〉與〈詩聖泰戈爾〉

薔薇默默盛開
在無言之中凋謝
詩人為人不知而生
吃自己的美而死

蟬在空中唱歌
不顧結果如何飛走
詩人於心中寫詩
寫寫卻又抹消去

月獨自行走
照光夜的黑暗
詩人孤獨地吟唱
談萬人的心胸

〈詩人〉

　　赴岩手女子師範學校任教的王白淵，除了教學之外，努力寫作詩與論文，連續發表於該校的校友會誌，這些作品後來構成《荊棘之道》詩文集。第一次登載他作品的是《女子師範校友會誌》第5號（1927年12月5日發行），發表了一篇重要論文〈詩聖泰戈爾〉及八首詩，包括〈靈魂的故鄉〉、〈蝴蝶〉、〈失題〉等等。值得注意的是，該雜誌發行約半年前（5月19日），王白淵在《台灣民報》上也發表了一篇論文〈吾們青年的覺悟〉。這兩篇論文，筆調雖大相逕庭，基本想法卻如出一轍。

　　筆者認為〈吾們青年的覺悟〉和〈詩聖泰戈爾〉兩篇論文

極為重要，因為它們展露王白淵從東京時期慢慢醞釀的思想已臻成熟，已明示將來發展方向。換言之，詩文集《荊棘之道》的基本思想就隱含於這兩篇論文中。若是讀者先閱讀這兩篇論文，就不難理解擅用「暗喻」和「高度迂迴手法」的王白淵詩作涵義。

〈吾們青年的覺悟〉與〈詩聖泰戈爾〉，前者是很清楚地推展具體理論的一種社會科學性的論述，後者則是充滿著哲學、宗教、藝術意義的抽象概念性的論述。衡量各自的發表媒體，即《台灣民報》與《女子師範校友會誌》，論調的大不相同是可以理解的。但是，貫穿兩篇論文的基本想法大體上一致，由此看來，王白淵當時將西方社會科學理論與泰戈爾、甘地等東方思想同時吸收、消化，形成了相當獨特的想法。

一九二六年八月，他還置身於東京時，曾寫過兩篇不同傾向的文章。一篇是從女性立場來批判舊社會、舊道德的短篇小說〈偶像之家〉；另一篇是有關泰戈爾的論文〈靈魂的故鄉〉（後來發表於女子師範校友會誌第6號）。當時，在王白淵的思考裡，西方社會主義理論與泰戈爾式的東方思想，雖說不牴觸，但好像尚未相處得很好。這兩篇文章，看來就像不同作家所寫的相互無關的作品，兩者之間毫無共同點。但是，到了一九二七年，在〈吾們青年的覺悟〉和〈詩聖泰戈爾〉兩篇論文中，卻已看到東西不同思想的交流與融合。

〈吾們青年的覺悟〉一文分為六個部分：前言、第一節「進化的法則」、第二節「個人與社會」、第三節「吾們的地位」、第四節「思想運動與政治運動」、五節「青年的義務」。

〈詩聖泰戈爾〉一文則分為四個部分：第一節「印度的文藝復興」、第二節「泰戈爾這個人」、第三節「泰戈爾的藝術與哲學」、第四節「亞細亞的黎明」。

　　筆者將〈吾們青年的覺悟〉與〈詩聖泰戈爾〉的架構互相對照，以釐清兩篇論文的基本主張。

　　〈吾們青年的覺悟〉的〈前言〉很短。王白淵抨擊西方科學文明與帝國主義，促使東方人抵抗；「東洋民族已覺醒了。吾們青年應該把持共同的理想，養成抵抗之力，以促進東洋的黎明運動，以恢復……精神的自由，經濟政治的權利地位」。〈詩聖泰戈爾〉一文也寫出同樣的看法，更加提倡東方精神文明的卓越。另外他在《荊棘之道》的兩首詩〈安利・盧梭〉、〈高更〉中，也批評西方科學文明，讚揚原始的自然世界。

　　王白淵思想的特色，一方面為社會改革而依賴西方起源的社會科學理論，另一方面，批判西方科學與物質文明，強調東方精神文明，堅持東方主義（底下詳論）。

　　〈吾們青年的覺悟〉第一節「進化的法則」要主張的是我們社會的流動性。王白淵在此以「荊棘充滿的難路」一詞形容「我們社會進化的過程」很困難。據他說，社會的進步「必然出生反抗思想，打破舊慣陋習，以革新本然的精神。……由此觀看吾們的社會，就是永久的鬥爭」。

　　王白淵在〈詩聖泰戈爾〉第一節中，同樣地提及「歷史揚波，社會進化，萬物流轉」。但他避免使用「反抗」、「打破」、「革新」、「永久的鬥爭」等較為激進的詞彙，卻接下來說「自誇日不落國的大英帝國，以第一世界大戰為轉折點，逐漸在走向沒落」，好像以「萬物流轉」的想法，間接批判日本帝國主義。來自於印度《優婆泥沙土》的「萬物流轉」思想，實際遍布於《荊棘之道》中，表現出生死、晝夜永遠循環的無常世界。然而，「亙古流轉的世界啊！看得見的現在亦僅剎那」（〈時光流逝〉）這樣富有哲理的一句話，竟然隱含著對日本殖民統治強烈的諷刺，確實耐人尋味。

　　〈吾們青年的覺悟〉第二節的標題是「個人與社會」。王

白淵在此主張個人與社會的相對關係,「吾們是社會的動物,所以吾們的存在與社會有離不開的關係」。他說我們屬於社會的同時,又認為社會是由個人構成的;「社會是多數個人的集合。換句話說,是多數的細胞構成的有機體,所以個人的痛苦是社會的不幸,社會的痛苦是個人的不幸」。

筆者認為這是王白淵多年來夾在藝術與革命之間苦惱形成的想法,換言之,在個人與社會之間長久徬徨的王白淵終於達到最重要的想法。本來做為美術學校學生,他追求個人的藝術成就及生命的歡喜時,殖民地台灣社會的痛苦、台灣同胞的悲慘,讓他無法實現自己的理想。他瞭解除非社會的痛苦消除,才會有個人的幸福。因此他從藝術家/個人的立場出發,在自我追求的過程中,注意到整個台灣人的命運,突破了個人主義式的「小我」,終於達到了和社會一體的「大我」。

他在〈詩聖泰戈爾〉第一節中,把個人與一個民族視為同類這樣說道,「正如同被剝奪個性的人沒有了生活的喜樂一樣,歷史與傳統被人踐踏的民族,夫何光榮可言?」他把自己和台灣同胞視為一體吧。

這「個人與社會」的主題,在〈詩聖泰戈爾〉的第二、三節裡,擴展到人和宇宙之間的關係,更深入討論。王白淵透過《優婆泥沙土》和泰戈爾的思想,學到人「超越個性的侷限,與宇宙的大靈(梵)同化一」是最理想的狀態。而且這「棄我歸梵」的想法並不是形而上學的抽象概念,相反地,把自己的一切獻給比自己崇高偉大的思想、藝術、國家理想、民族的前途、真理、神等,具體地表現於生活中,才有意義。

在這些較為宗教性的論述裡,我們看到從象牙塔走至人間的詩人王白淵的決心;「『孤立』會殺人。……正如同蜜蜂無法光在蜂巢裡造出蜜來,人不可能躲在自己的殼中尋求生命的食糧。我們人必須走出去,從別人的胸膛中、從自然界中、從

無限中，找尋心靈的糧。」

王白淵認為，詩人的使命應該是「靠著深邃的直觀，喚醒了人們心中沉睡的意識，具象化大家共同的希望」。

〈吾們青年的覺悟〉第三節「吾們的地位」，提出一個令人深思的問題。王白淵在此感嘆「吾們民族的現狀」，不過值得注意的是，他所提及的「吾們民族」是「漢族」，亦即「中國」，並不是「台灣」。更令人驚疑的是，不僅〈詩聖泰戈爾〉一文，連《荊棘之道》詩文集中也沒有出現「台灣」這個詞。

綜觀王白淵戰前的作品，無論詩或散文（美術評論〈府展雜感〉例外），他幾乎沒有用過「台灣」這個詞。唯一的例外是《荊棘之道》中的一首詩〈晚春〉和女子師範校友會誌第6號上發表的短歌裡，使用意味台灣的「高砂」一詞。而且，王白淵雖然寫了不少詠懷故鄉的詩，但除了「相思樹」、「龍眼」和「水牛」各提及一次外，幾乎沒用過具體表現「台灣」的標誌。但是，這並不意味他作品充滿著「中國」色彩。因為王白淵的詩作裡，幾乎沒有出現過表現台灣或中國特有的自然風景，或一個民族固有的民俗素材。

這也可說是深受泰戈爾的影響。被視為代表印度的愛國詩人，用母語孟加拉語寫詩的泰戈爾，卻很少描寫印度的民俗風情。雖然泰戈爾的詩作中，常見植物和小動物，但他很少用印度特有的花、樹、鳥等特有名詞，只用「花」、「樹」等普通名詞而已。

《荊棘之道》也缺乏台灣特有的色彩，毫無能引起日本讀者感受異國情調的民俗風情。這個問題在本文第三節再論。

〈吾們青年的覺悟〉第四節是「思想運動與政治運動」。王白淵主張，社會的進化必有思想運動與政治運動兩樣的運動相提攜達其目的。思想運動是以文學革命與道德革命達成人心

根本的改造，政治運動是以國民革命運動達成社會組織的變更，此兩種運動是社會運動的兩個車輪。

〈詩聖泰戈爾〉第一節裡也看見同樣的主張：「印度的政治運動開始活躍起來之同時，思想上呈現出復興的曙光。思想運動和政治運動乃是社會進化的兩個車輪，前者以泰戈爾為代表，後者以甘地為代表。於是印度有如一隻配有巨大雙翼的鯤鵬，振翅而起，直上雲霄」。

王白淵好像恍然大悟，過去相互激烈交戰，多年折磨他的「藝術」與「革命」這兩個不能兩立似的理想，其實皆為社會進化必要的「兩個車輪」，因此不必在兩者之間煩惱，也不須在兩者之間作抉擇。

由此窺知，王白淵已解決了長久以來的難題，找到了答案，「藝術」與「革命」可以兩立，解脫東京時代「憂憂鬱鬱」的生活吧。既然解決了問題，只要實踐「藝術」（創作）與「革命」（參加政治運動）即可。

果然如此，盛岡時期的王白淵，除了教學以外，努力寫作，陸續發表於《女子師範校友會誌》。

至於社會運動，雖然離東京有相當距離的盛岡市，「三一五事件」及「四一六」事件以後，有社會運動的可能性多少，筆者目前無從得知。不過，據柳書琴最近的研究，日本外交史料館上海領事館報告書「關於要注意的台灣人來滬之事件」中有關王白淵的特務調查報告。該文件提及，王白淵在盛岡任教期間，曾「誘引岩手醫學專門學校學生組織『親友會』，努力對他們進行民族意識之宣揚煽動」。[18]王白淵終於開始行動也說不定。

〈吾們青年的覺悟〉第五節「青年的義務」很短。王白

18　柳書琴〈變調之旅：張文環等中部青年的帝都經驗與文學〉，頁10。

淵批評阻礙社會進步的「死學者」、「道學先生」等舊知識分子，鼓勵青年人「勇敢否定過去社會的惡，以建設明白的社會」。這些論調，令人想到在台灣自一九二四至一九二六年展開的新舊文學論戰。王白淵也許向《台灣民報》的讀者，提醒反抗殖民統治的同時，鼓吹改革封建社會的種種問題吧。

另一方面，〈詩聖泰戈爾〉的第四節「亞細亞的黎明」，竟然給予更激進的印象。王白淵以中華民國孫文所領導的國民革命運動、印度的國民獨立運動，以及土耳其、波斯的反帝運動為例，激烈地抨擊西方帝國主義，間接批評日本殖民統治。最後，他期望亞細亞的青年人「來日執文化市場，牛耳」，呼籲「站起來！亞細亞的青年人，除了我們自己之外，何處還有我們的守護神？」他也許在向日本讀者喊話，促使他們打開眼睛看清日本帝國主義的現實，和亞細亞的青年人一起站起吧。

綜觀這兩篇論文，我們會知道，王白淵多年擺盪於「藝術」與「革命」之間掙扎著、苦惱著，終於形成了獨特的想法。這二元相對的理想，幸運地使他接觸同樣不能兩立似的東方與西方的思想，兩者竟然相輔相成產生豐碩的果實。王白淵若是只專心藝術創作，吸收泰戈爾和《優婆泥沙土》等東方思想，他的理想也許最後成為和現實無關的概念形骸吧。同樣地他若是只沉浸於西方社會主義，投身於政治運動，他的行動必定會侷限於解決現實的問題，卻缺乏遠大的理想吧。

王白淵東西思想共存的獨特想法，筆者認為他先依據泰戈爾式的東方思想，建構他思想的基礎與框架，構想「理想」世界，設定要達到的最終目的。但是達到最終目的、實現「理想」世界，需要具體、有效的改革手段，於是他援用社會科學理論。這也是他的思想和所謂左翼思想隔離的緣故。陳芳明從王白淵的詩，無法窺探一般所謂的左翼思想，不足為怪。

王白淵成功地使「藝術」與「革命」兩立的過程，同時也

是把「個人」與「社會」同化一的過程。他從個人的自我追求開始，逐漸把「我」與「非我」（社會、民族、國家、自然、宇宙、神等）思考合而爲一。這就是「棄我歸梵」的理想，王白淵要達到的最終目的。「藝術」與「革命」皆爲實現這個理想。

如上是王白淵在第一東京時期苦悶的生活中，逐漸形成的思想。我們在下一節，透過閱讀《荊棘之道》的詩作，進一步探討王白淵的思想在藝術創作上如何發展。

最後，有關泰戈爾，筆者要稍微補充說明。因爲王白淵在思想形成過程當中，經過淪肌浹髓的泰戈爾東方思想，而詩文集《荊棘之道》中的六十三首詩，也呈現很濃厚的泰戈爾陰影。

印度愛國詩人泰戈爾（1861～1941）於一九一三年榮獲諾貝爾文學獎，這是亞洲第一次榮獲諾貝爾文學獎，引起了全亞洲人熱烈的喝采。他總共四次訪問日本（1916、1917、1924、1929年），受到日人熱烈的歡迎。從一九一五到一九一六年，陸續出版了十多本膾炙人口的泰戈爾作品日譯本與介紹泰戈爾思想的書籍[19]。

王白淵留日期間，泰戈爾兩次抵日，王白淵在〈回憶錄〉中記錄其中一次：「我記得，大概民國十五年的初秋，印度的詩聖泰戈爾到日本來，日本朝野對他的歡待，可說未曾有過。那時候我已經讀過他的詩和哲學，非常敬慕這個東方主義的詩人」。[20]

然而，泰戈爾訪問日本之際，每次不是提倡東方主義，便

19　據日本網路NACSIS，目前屬於日本公・私立圖書館的泰戈爾書籍（於王白淵離開日本前之出版品）：1915年出版10本，1916年2本，1923年1本，1925年1本，1928年2本，1929年1本。

20　王白淵記錯泰戈爾訪問日本的日期。據筆者調查，民國15年沒有泰戈爾抵日的記錄。

是批判日本國家主義，引起日本某些人的不滿與批評，隨著日本軍國主義的抬頭，他的著作被禁印，逐漸忽視、忘掉了。[21]

　　和泰戈爾同樣在殖民地成長的王白淵，積極吸收這位印度愛國詩人的整個思想，不僅是爲了在他的哲學和藝術中，獲得解脫、超越，不容忽視的，他還學習了東洋主義以反帝反殖民思想。

四、尋找靈魂的故鄉

　　　向眞理之鄉開船時
　　　船夫叫著
　　　「天上連星都看不見
　　　颱風夜黑暗」
　　　船夫啊！
　　　如此的風如此的浪木葉船
　　　將會沉沒噢
　　　客人啊！不要慌
　　　神將守護我們[22]
　　　在恐怖的颱風中
　　　不管橫逆的怒濤
　　　客人啊！
　　　才能到眞理之鄉了
　　　　　　　　〈眞理之鄉〉

　　如前面所述，王白淵從東京時期以來不斷地追求，把「藝

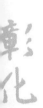

21　參見：Ｋ・クリパラーニ著，森本達雄譯〈タゴールの生涯上、下〉（〈泰戈爾的生涯〉），第三文明社，1979年；季羨林・周志寬主編《泰戈爾名作欣賞》，中國和平出版社，1996年。
22　譯錯。原文是「吾等」。

術」與「革命」、「個人」與「社會」、「我」與「非我」等二元對立合為一體，這是他的理想。《荊棘之道》一書就是他理想的具體表現，換言之，如王白淵對安利·盧梭所說：「理想於現實開的花。」

　　我的歌是生的讚歌
　　是不能自己的必然要求
　　再生為嬰兒瞬間的記憶
　　是與自然握手的日底情愛的紀念
　　噢！歌啊
　　你不是現象而是大型的實在
　　充滿生氣的血與肉的明朗聲音
　　心靈深處的微動
　　永遠的憧憬……即是你啊
　　……
　　請急往赤心的深淵吧
　　我將從黑暗的思索之路躍出深淵
　　深深的呼吸為沉默戰慄
　　成為嬰兒群遊於胸中的草野
　　將你們所不顧的微微芬香
　　──認真分開聞出
　　　　　　〈我的歌〉

　　王白淵的詩，經常被視為富有哲理的，較為理性、抽象的抒情詩[23]，其實它是「充滿生氣的血與肉的明朗聲音」，也是

23　參見：趙天儀〈台灣新詩的出發──試論張我軍與王白淵的詩及其風格〉《台灣現代詩史論》，台灣現代詩史研討會時錄，《文訊叢刊26》，文訊雜誌社，1996年。

必然要求的「生的讚歌」。他想要「從黑暗的思索之路躍出深淵」，成為嬰兒，與自然一體，享受生的歡喜，讚揚生命。

……
傾聽微風指揮的樹葉合唱
天與地被祝福擁抱
在自然的胸膛中我的影子將消失
噢！是生的歡喜啊
……
　　　〈蝴蝶向我細語〉

回歸原始性的嬰兒狀態，棄我於自然的胸膛中時，「我」和「非我」（自然、宇宙）會合為一體，自有生的歡喜。其實，這並不容易，尤其「吃智慧的樹果」的近代人，離大自然的祝福很遠，難以享受生的滋味，過得很「悲傷」。近代科學文明只能妨礙「我」和「非我」合為一體，因此王白淵批評西方近代文明，期望恢復原始性的心靈：

反抗傳統與虛偽
爛熟的巴黎是文明人
投出血與肉的活生生的紀錄
全在作夢的大溪地[24]男女

如鰻般潤潤攀爬的草木
啊！你畫的植物動物與人
都互不排拒大自然的祝福

24　譯錯。原文是「タヒチ」，大溪地島。

......

〈高更〉

他讚揚高更、安利·盧梭、梵谷等反抗近代科學文明，充滿生命力的偉大的「幼兒」們。他們的藝術就是「使人還童」的，「理想於現實開的花」。

對王白淵而言，不單單藝術，人生也是尋找生的歡喜之旅。因此在《荊棘之道》一書中，以生命之旅為主題的詩特別多，諸如〈生之谷〉、〈生之路〉、〈無終止的旅程〉、〈時之放浪者〉、〈無表現的家路〉、〈生命的家路〉、〈真實之鄉〉、〈我家遠而近〉等等。生命之旅，路程障礙重重，好不容易達到理想之地。王白淵因此在〈詩聖泰戈爾〉一文中這樣說道：「生命之道漆黑而小，能夠抵達光明燦爛之高峰的，畢竟少之又少。」於是他以「荊棘之道」一詞來形容極其險峻的生命之道：

> 生之谷暗暗且深不知底細
> 兩岸的荊棘突出尖刺等待
> 止息探視時從幽幽的深處
> 驚聽著乳汁般靈泉的細語
> 沒冒險即不能享受生命的滋味
> 朋友啊
> 以大膽的心情踏入生之谷吧
> 我今落入生之谷迷惑
> 仰望上端的荊棘在注視仍滴血的我身[25]

25　巫永福漏譯這一行，陳才崑則漏譯下一行。

看見靈泉露出永遠的微笑

噢！奇怪的生之谷

你的荊棘雖然恐怖在暗中流水的靈泉

卻有無限的執著

〈生之谷〉

《荊棘之道》一書中，「荊棘」二字總共出現四次，其中三次皆在題爲〈生之谷〉的一首詩中。細嚼這首詩，「荊棘」二字好像沒有負面的意義，它像是主動地挑戰超越的障礙似的。因爲在「荊棘」的彼方，可以聽到「乳汁般靈泉的細語」，也看見「靈泉露出永遠的微笑」。換言之，超越「荊棘之道」，才會得到生的歡喜，「沒冒險即不能享受生命的滋味」。因此「生之谷」的「荊棘」雖然恐怖，卻像詩人「有無限的執著」。人生有荊棘之道，才值得走下去。

……

行走充滿荊棘的路

通過愛的森林

越過生的沙漠

游於生命之河

而至驚異之鄉時

我的詩不可思議地呈現黑色

……

〈不同存在的獨立〉

另一個「荊棘」出現於〈不同存在的獨立〉一詩。在這首詩裡，王白淵歌詠自己作品誕生的過程。他的詩越過思索的波折，行走充滿荊棘的路，經歷過創作的難題，逐漸成熟、誕

生。不管人生或創作，除非大膽地踏入荊棘之道，才能接近理想。筆者透過這四個「荊棘」的用法，感受到王白淵以無畏精神，面對人生的困難，奮發有為的積極、主動的態度。

不過，除了值得挑戰的「荊棘之道」以外，還有一個更難超越的障礙物，高高地聳立於他的前面，遮住王白淵生命之旅。這就是日本殖民統治。即使渴望理想，在日本帝國主義的專制之下，被剝奪自由、自立的台灣人，難道可以得到生命的歡喜嗎？難道回歸嬰兒的狀態，與自然合為一體，可以享受生命的滋味嗎？王白淵在〈回憶錄〉中說，在殖民地長大的人都一樣帶著「民族底憂鬱病」。因為社會與個人是相對的關係，故社會苦悶時，個人也無法享受生的歡喜。

「個人的痛苦是社會的不幸，社會的痛苦是個人的不幸」的這個自覺，使詩人王白淵把個人與台灣社會的，內在與外在的「荊棘之道」視為一體，為台灣人開始寫詩：

　　飼在籠內的小鳥
　　尚有仰慕蒼空之念
　　是何心呢
　　噢！小鳥啊
　　我知曉這是你的願望
　　雖不欲歌唱
　　尚有唱的命令
　　是以何心呀
　　生命啊
　　我知曉這是你高雅的意志
　　　　　　　　〈是何心呀〉

王白淵以「蝴蝶」、「小鳥」、「風」等比喻，描寫要求

自由的台灣人的心情。有時他希望像蝴蝶，「飛迴於被虐待者之間，從花神取得甜蜜，分給那些人吧」（〈蝴蝶〉），有時他希望像風「踢落痛苦與命運……希望回歸於赤紅太陽的我們父親之家」（〈風〉）。

　　他凝視著殖民地台灣的現實，關切台灣那塊土地，關懷台灣同胞。因此，《荊棘之道》一書中，描寫故鄉二水的詩也不少，諸如〈水邊〉、〈島上的淑女〉、〈看〉、〈春朝〉、〈四季〉、〈南國之春〉、〈晚春〉等等。不過，如本文第三節所述，他詠懷故鄉的詩中，很少出現台灣特有的自然風景以及民俗素材。題為〈晚春〉的一首詩，例外地提及「高砂島」、「水牛」、「濁水溪」三個特色。而其他作品裡描寫的風景，卻是彷彿到處都看得到的田園風景罷了。譬如：

　　　風微微吹過綠野田疇
　　　早苗很快長出一二寸
　　　醉春的蝴蝶兩三隻
　　　飛往自由的樹蔭處

　　　巧妙的韻律從何處來
　　　小川的細語欲絕難耐
　　　放眼盡處山油綠綠
　　　欣欣盛開的是紫色之花

　　　草木萌芽魂甦回
　　　要知神之心是今時
　　　聞永遠的真理於小鳥
　　　尋找無限之我於草花

　　　　　　　　　　〈南國之春〉

彰化學

　　如上的風景和日本或其他地方的田園風景有什麼兩樣呢？王白淵所描寫的台灣風景為何皆歸納於普遍的風景，我們在〈詩聖泰戈爾〉一文和王白淵後來發表於《台灣文學》的一篇美術評論〈府展雜感〉[26]中，大概會找到答案。他在〈府展雜感〉中說，「自然的自然」和「藝術的自然」有所差異，藝術乃是自然的再現，可是再現的藝術並非原來的自然。不管畫家或詩人，藝術家要表現的並不是自然本身，而是自然的本質。在〈詩聖泰戈爾〉一文中，王白淵把這種「自然的本質」稱為宇宙的「法則」，也是「真理」。

　　那麼，王白淵透過故鄉二水的自然風景，要描寫什麼呢？我們在此先思考王白淵還居住於東京的一九二六年八月廿九日，曾寫的一篇文章〈靈魂的故鄉〉。他在此文中，談到古埃及、印度、中國及希臘等古代文明的搖籃。生於大自然懷裡的古代人，感受到宇宙的意志，憧憬「靈魂的故鄉」，而建設古代都市，且產生了科學、藝術、哲學、宗教等文明。由這篇文章推測，「靈魂的故鄉」可能指著人類理想的故鄉「真理之鄉」；人在「靈魂的故鄉」，才會被解放，得到靈魂的自由吧。

　　王白淵是否在故鄉二水的自然風景中，渴望「靈魂的故鄉」的實現？其實，自王白淵寫〈靈魂的故鄉〉一文之後，屢次用「永遠之鄉」或「真理之鄉」為詩題，例如〈無表現的家路〉、〈蓮花〉、〈生之路〉、〈真理之鄉〉：

看蒼空浮雲時
我的心常憧憬靈魂的故鄉

26　王白淵〈府展雜感〉《台灣文學》第4卷第1號，1943年12月，頁13-14。

啊那是流著清水的美麗鄉麼

還是連草都不生的無人沙漠麼

悲傷日沒的晚蟬將我

誘出夕闇的樹陰時

晚霞醉於生的曠野

無名的草花盛開

盡夜啼啼的峰上靈鳥

在闇中一直線飛去

啊那是惜春底

落花在啜泣麼？

還是報曉的雷鳥底

搏羽的聲音麼？

〈靈魂的故鄉〉

　　王白淵實際的故鄉是日本統治之下的台灣，「連草都不生
的無人沙漠」，生於這塊土地的人都帶著無藥可醫的「民族底
憂鬱病」。因此他等不及黑夜終了，擬聽雷鳥報曉。故鄉變成
「流著清水的美麗鄉」，台灣人才會享受生的滋味。

　　筆者認為王白淵在具體實在的背後，尋找宇宙的「法則」
或普遍的「眞理」。譬如，他在「我」的背後要看到「非我」
的存在，在無限的「大我」中，得以超越有限的「小我」。對
於故鄉，他同樣地在二水的自然風景背後，看到普遍的〈靈魂
的故鄉〉，由此他得以超越一個民族或一個國家的限制，能夠
達到人類理想的故鄉。這可能是他在詩作中，很少描寫台灣特
有的自然風景，及民俗素材的緣故吧。

　　王白淵追求自我的同時，努力突破個人主義式的自我。他
同樣地關懷台灣和台灣人的同時，希望超越狹窄的民族主義及

國家主義的概念。《荊棘之道》的〈序詩〉，就提及「撤廢標
界柱」，及「撤廢國境的界標」：

　　日出之前蝴蝶的魂魄
　　飛往地平線那邊
　　你知道蝴蝶往何處
　　朋友啊
　　為了共同的作業
　　撤廢標界柱吧
　　那邊是可貴的戰地

　　你知，我也知
　　地平線那邊的光
　　是東天輝煌的黎明標誌
　　朋友啊
　　我們互為兄弟
　　撤廢國境的界標吧
　　為我們神聖的亞細亞
　　　　　　　　　　〈序詩〉

　　陳才崑認為，這首詩「彷彿是歌頌日本大東亞共榮圈理
念」。其實，「大東亞共榮圈」的理念出現於太平洋戰爭期的
一九四〇年。[27]這首詩產生的一九三〇年二月五日當時，姑且
不論日本人對亞細亞如何看待，但我們應該注意到王白淵的國
家觀念。
　　至於「撤廢標界柱」和「撤廢國境的界標」的想法，其來

27　參見：《廣辭苑》第四版，岩波書店，1993年。

源也許有兩個：一是二〇、三〇年代的國際共產主義；二是泰戈爾的思想。

泰戈爾在一九一二年，問世的抒情詩集《吉檀迦利》，曾獲諾貝爾文學獎。其中一首詩，他描寫了理想的國家：

在那裏，心是無畏的，頭也抬得高昂
在那裏，智識是自由的
在那裏，世界還沒有被狹小的家國的牆隔成片段
在那裏，話是從真理的深處說出
在那裏，理智的清泉沒有沉沒在積習的荒漠之中
在那裏，心靈是受妳的指引，走向那不斷放寬的思想與行
爲……
進入那自由的天國，我的父呵，讓我的國家覺醒起來罷
泰戈爾《吉檀迦利·第35首詩》[28]

雖然熱愛印度，但泰戈爾期望的是「世界還沒有被狹小的家國的牆隔成片段」的狀態。王白淵也熱愛台灣，卻希望「撤廢國境」。他們好像期待將來人類能夠實現「靈魂的故鄉」似的。

王白淵的生命之旅，超越「荊棘之道」，最後要達到「靈魂的故鄉」。那時候，他會和台灣同胞一起享受生的滋味吧。《荊棘之道》一書中，常出現的蝴蝶，他們會自由地飛到「靈魂的故鄉」，告訴我們它的所在。

五、結論

王白淵熬受東京時期的種種折磨，經過盛岡時期奮勉創作

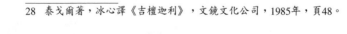

28 泰戈爾著，冰心譯《吉檀迦利》，文鏡文化公司，1985年，頁48。

的日子，在一九三一年《荊棘之道》一書問世後，一躍成名，變成了台灣左翼文藝運動的重要創始者和活動者。姑且不論這些頭銜恰不恰當，經年累月的思想波折，促使王白淵思想成熟，為台灣新文學上帶來豐碩的果實。而三〇年代初，當台灣人的學生運動無法進展，陷入有名無實，企圖改以利用文化團體發展之際，王白淵的思想很合乎時代的需求，對文化運動新階段的展開頗有貢獻。

王白淵在一九三二年屢次至東京，和林兌、吳坤煌等互動，以「藉文學形式，啟蒙大眾的革命性」為目標，籌備組織「東京台灣文化同好會」。他們發行《通訊》，展開宣傳活動。創刊號登載的一篇文章中，我們得以窺知王白淵思想的痕跡：

> 我們既然是人，自然都具有藝術的情懷，有人吟詩，有人寫小說、創作，有人喜愛戲劇或電影，有人唱歌，有人繪畫，每個人都有不同的藝術嗜好。假使我們喪失了藝術，那麼，人生的一半就幾近乏味了。
>
> 我們同好會就是為了幫助發展個人所具有的藝術興趣，互相聚首從事研究的會。但我們不單單偏重個人的興趣，我們還有更重要的一件事。那就是，凡是台灣青年都明白的，我們殖民地人比母國國人忍受著更多的痛苦。我們沒有如母國人般的言論自由，甚至連選擇語言的自由都沒有（在東京不能使用台語集會），出版的自由，那就更不用提了。但這些卻是提升文化發展不可缺乏的東西。[29]

以藝術創作與社會活動，同時思考個人與社會的幸福乃是

29　《台灣社會運動史，1913~1936年，第一冊·文化運動》，頁63。

他的理想。這是王白淵約十年的日本時期，逐漸形成的思想成
果吧。

2000.8.21

王白淵的荊棘之路

葉　笛

即使詩人死去，其喉舌是不死的。

————蘇丹諺語

一、楔子

　　一九六五年十月三日，王白淵以享年六十四歲走完坎坷一生。他在兩個不同體制的國家裡擁抱著熾熱的理想，追求做為一個詩人的真實底生活。但結果賚志死去。從他的一生之遭遇、我們可以看到將近一個世紀的台灣的歷史、台灣人的悲哀以及台灣知識分子在自我覺醒下求真理所遭受到的挫折、幻滅和凌辱。詩人王白淵是一面鏡子、我們可以藉以反思過去、沈思將來。

　　王白淵留下一本台灣人在日本第一個出版的日文詩集《荊棘之路》、一些政論、一些文學的和美術的評論，在今天把它再咀嚼、吟味，讓我們更加深信：詩人之所以為詩人，之所以不朽，不在於飛黃騰達、名利雙收，而在於他確確實實地走了「詩人良心之路」。

　　蘇丹有一句諺語：「即使詩人死去、其喉舌是不死的」。用之於王白淵，無疑的，詩人王白淵是仍然活在他的詩文裡的，我想。

二、王白淵的生平簡介

一九二○年十一月二日，王白淵誕生於現在的彰化縣二水惠民村。他是家中長子。二八水公學校畢業，考入台北國語學校師範部（現在的國立台北師範學院前身）。該校畢業，便被派溪湖公學校，二八水公學校等擔任教師。

王白淵富有美術的才能，一九二三年四月，獲得當時台灣總督府文教當局推薦，進入東京美術學校師範科（現在東京藝術大學前身）。其間博覽群書，逐漸省悟日本帝國主義的殖民政策怎樣剝削和歧視台灣人民。

現在簡要地敘述當時日本的社會、政治和文學各現象。

首先，社會、政治現狀是第一次世界大戰末期引人注目地登場的民族主義，在大正九年（一九二○）社會主義思想急速膨脹發展之下分化、後退，在言論界，大眾運動方面，思想的領導權為社會主義所替代。而日本帝國主義的確立，則強化和鞏固了布爾喬亞的勢力。不過，隨著也激起內外的矛盾，逼迫天皇制統治的重組。

在文學方面，明治末期流行的耽美主義，在大正時期，由谷崎潤一郎支撐著、佐藤春夫注入了新的活力。這個藝術論的潮流，做為大正文學的一環，仍然是不可忽視的。斯時，隨著大眾傳播蒸蒸日上，大眾文學在關東大地震前後，尤其在大地震後，長足地發展開來。自大正中期，由于覺醒於階級意識勞動者的文學活動出現，而在這種新情勢下，大正十年（一九二一）雜誌《播種者》創刊，初期普羅文學成立，一九二四年創刊的《文藝戰線》繼承其路線。

在如上述的日本之客觀環境下，到日本留學的王白淵可以說是因緣際會，也就很自然地受到蓬勃發展的社會主義思潮、普羅文學思想的影響，而逐漸「從美術到文學，從文學到政

治、社會科學去了。」[1]

王白淵於一九二六年畢業東京美術學校師範科，因其思想問題，求職到處碰壁，後來由其老師田邊至鼎力協助，才獲得日本東北地方的岩手縣盛岡女子師範學校美術教員一職。他在該校共執教五年九個月，這一段時間的生活有日人板谷榮城、小川英子（毛燦英）合作的〈關於盛岡時代的王白淵〉一文[2]，以及陳才崑謪譯的《王白淵・荊棘的道路》上下兩冊[3]可資參考。

王白淵在該校任教期間所發生的大事，為節省篇幅，簡要地羅列如下：

A.曾與該校畢業生久保田yoshi結婚，生一女兒叫芳枝。王被逼離開日本後，失去連絡。

B.一九二六年，日本農民黨、社會民眾黨、勞農黨相繼成立，中國國民黨北伐，泰戈爾到日本演講，受到熱列歡迎，這些都引起王白淵深切的關心。

C.一九三一年六月一日，盛岡市的久保庄書店發行王白淵的日本詩集《棘の道》。

D.一九三二年三月二十五日到東京，參與台灣知識人，留學生的「台灣人文化社團──Taiwanese Cultural Circle」」，九月，「台灣人文化社團」的葉秋木參加「反帝」遊行被捕，受其牽連，全員被檢舉入獄。王白淵於二十二日在講臺上，學生面前被逮捕。一直拘留到十月十四日釋放後，也失去教職。十一月，他到東京和「台灣文化社團」的張文環、巫永福、吳坤煌等人籌組「台灣藝術研究會」。

1　參閱〈我的回憶錄〉，一九四五年十二月十日《政經報》第一卷第四期。
2　日本唎哳之會發行，中國文學叢書之二《台灣文學之諸相》，一九九八年九月三十日，7-48頁。又，該文由黃毓婷中譯，刊載於《文學台灣》第34、35期，二〇〇〇年版。
3　彰化文化中心，一九九五年六月出版。

　　以上大概就是王白淵在盛岡女子師範學校任職期間發生的事情。

　　王白淵教職被解聘後，於一九三三年受同鄉青梅竹馬的朋友謝春木邀請去上海，任職於華聯通訊社翻譯日本廣播消息給中國有關機關。一九三六年任教上海美專，迨至一九三七年上海發生八一三事變，謝春木投靠重慶，他卻在避居的上海法國租界爲日軍逮捕押回台灣，關入台北監獄。原判八年，於一九四三年六月獲釋放，實際服刑約六年。旋即經由龍瑛宗推介擔任《台灣日日新報》編輯。

　　一九四五年台灣光復，《台灣新報》改爲《台灣新生報》，王白淵擔任編輯部主任。一九四七年二二八事件爆發，同年四月他因倡儀組織台灣民主黨以及二二八事件的牽連被關一百天。此後十年，就常被情治人員監視、約談、拘留，生活在恐懼中，也不再寫政論文章。一九五〇年，又因台共蔡孝乾案牽連，入獄兩年多。出獄後，仍然寫有關美術、戲劇、電影等文章，也兼任台北大同工學院教職。然而，於一九六三年又受牽連入獄十一個月，這時已發現患腎結石，而一九六五年十月三日，終因腎結石引起尿毒病逝於台大醫院。

三、王白淵的文學理念和他的詩集《荊棘之路》

　　日文〈關於盛岡時代的王白淵〉一文裡[4]有一篇發表於當時的校友會誌題寫〈靈魂之故鄉〉的文章，該文標明日期是一九二六年八月二十九日寫的。印度泰戈爾於同年秋天到日本演講，王白淵頗爲心儀泰氏的藝術觀。文中可以了解王白淵的有關人、自然、文學和藝術的獨特見解，現在摘譯一些，以見其文學理念之斑：

4　請參閱前頁注2。

我們所居住的這個自然之中有崇高的感情。感受這個感情而給予具體性表現的就是藝術家。然而像這樣的人連在一代中要得到一個都很難獲得的。那是被選上的人們。多數人是未能汲取充滿於自己周圍的生命之泉，過著沙漠一般的生活的。深深挖掘你的心底，凝視圍繞著你的自然吧！如此，生活之泉將會滾滾不斷地湧出來的。

人們最後的欲求不是生活的安全，而是靈魂的自由。不是貪得無厭的財富的累積，而是向無限生命的創作。

生活上的創作的歡忻和勞動上的自我表現會給予我們的生命以價值。與其如死一般的沼水，我們寧願喜歡要飛躍岩石的急流──水是激盪才會有生命之幸福的。除非創作，人生還有什麼呢？沒有詩和創作的生活是荒涼的沙漠。詩聖泰戈爾不是說過：「世界的果樹結了兩個果實。那果實比湧自生命之泉的泉水還要甘美。其一是詩，另一是友情。」

……（中略）

就是星移時轉，鏤刻於藝術上的豐美之生命猶然激盪我們心胸的。

蘇羅門的榮耀如今在何處？秦始皇的野心終究是什麼？誠然，如同詩人濟慈（John Keats 1795-1821）所說的：「美就是永恆的喜悅。」

最高的人生詩人耶穌基督告訴我們說：「看開在野地上的百合花吧」。

有誰真正理解過開在野地上的草花呢？有能捕捉即將過去的少女一天的夢？

自然雖然無言卻訴說著一切。靈魂的故鄉有無限的

財富。如果我們對開在路旁的無名之花毫無感覺，那麼，我們是永遠的盲人。如果對鳴囀於樹蔭裡的小鳥之歌，不感覺到宇宙的神秘，那麼，我們是聾子。

自然只給予擁有嬰兒一般的眼瞳和無限的誠實者以其秘密的鑰匙。所有的人都有他自己的使命。讓我們完成自己的使命，而把我們求得的真得之種子撒向風中吧。澄澈的感情和自由的理性將會成為在靈魂之故鄉最後的勇者。

〈靈魂的故鄉〉

肯定大自然對人類、對生命的啓示，肯定詩與創作、勞動，做自己該做的事情，在生活中擁抱大自然，領會野地裡一朵草花之美，能傾聽小鳥歌唱的天籟，人才不會變成心靈的盲人和聾子。這些思想，會讓我們想到「以天地為穹廬，以萬年為須臾」的詩人的宇宙觀、人生觀，以及以詩人自命，因而就以詩為生命的信心，以詩人的良心所命令的為自己該做的工作了。王白淵這種理念和泰戈爾所歌唱的：

我跳進形象海洋的深處，希望能得到無形象的完美的珍珠。
我不再以我的舊船去走遍海港，我業於弄潮的日子早已過去了。
我要拿起我生命的琴弦，進入無底深淵的旁邊，那座湧出無調音樂的廣廳。
我要調撥我的琴弦，和永恆的柔音合拍，當它嗚咽出最後的聲音時，就把我靜默的琴兒放在靜默的腳邊。

（《頌歌集》第一百首）

　　不是很吻合嗎？王白淵要把「我們求得的眞理撒向風中」，就是說：詩人要做眞理的傳播者，而說詩人要成爲「靈魂之故鄉最後的勇者」，就是勇者要爲眞理挺身戰鬥，無視於一己之死，詩人死於爲眞理和自由，乃是泰戈爾所謂的：「渴望死於不死之死」。也就是「永生」！

　　王白淵的《荊棘之路》有他的莫逆之友謝春木的〈序〉、自己的〈序詩〉，按照（目次）應該有六十四首詩、一個短篇小說〈偶像之家〉、兩篇論文、〈詩聖泰戈爾〉和〈甘地印度的獨立〉。標題〈標介柱〉（按：可能是詩）標明在第六十五頁，卻不見其詩，未悉何故？但〈序詩〉中的第一段有「標介柱」這一詞語，是否把它拿來做爲〈序詩〉，而從「目次」抽了出來，忘記改正「目次」？這一點應予存疑。

　　《荊棘之路》有陳才崑精采的翻譯，不過，這裡筆者打算自己選出幾首來譯介，討論。

序詩

太陽還沒出來之前　　靈魂的蝴蝶
飛向地平線的遠方
你也知道——這隻蝴蝶的去向
朋友喲！
爲了共同的任務
撤掉界標（原詞：標介柱）
飛向尊貴的戰地底遠方——

我也知道——你也明白

地平線遠方的亮光

是閃爍在東天的破曉的象徵
朋友喲！
我們應該互相成爲兄弟
把國界的墓標撤掉吧
爲了我們神聖的亞細亞——

序詩

太陽の出ない前に魂の胡蝶は
地平の彼方へと飛んで行く
君も知る——この胡蝶の行方
友よ！
共同の作業のために
標介柱を撤癈しよう
尊き戰地の彼方へ——

吾も知る——君も知る

地平の彼方の光
東天に輝く黎明のしるし
友よ！
お互に兄弟たるべく
國境の墓標を撤癈しよう
聖なる吾等が亞細亞のために——

　　在三〇年代，日本正走上軍國主義不歸路的時候，詩人的
「四海之內皆兄弟」的國際村思想，早已標明他和老友謝春木
要走的眞理之路，是一條不折不扣的「荊棘之路」。這首序詩

彷彿一開始就象徵了詩人坎坷的一生。

向日葵

你簡直就是熱情的化身
啊　是的
你是梵谷的愛人
像朝著太陽飛上去的梵谷
你的各個花瓣的呼吸
多麼燃燒著生之充盈喲
陰影毫無魅力吸引住你
你朝著太陽
始終保持著沉默的熱情
梵谷死了
被你慈愛的手守護著死了
但他的靈魂融入太陽
將永遠和你繼續著愛戀的呼吸吧
噢　向日葵喲！
以你的熱情燃燒我的肉體
讓它成為真理的焰火呀！
那瞬間　我將從灰色的實存被解放
將如鷹鷙向光的世界飛翔

向日葵

お前は情熱そのものだ
ああさうだつた
お前はゴツホの愛人だつたのね

太陽目かけて飛び上るゴッホのやうに
お前の花瓣の呼吸は
何と生の充實に燃えてゐることよ
日陰お前を引付ける何等の魅力もなく
お前は太陽に向つて
沈默の情熱に終始しでゐる
ゴッホ死んだ
お前の慈愛の手に護られで死んだ
だが彼の魂は太陽に熔け込んで
永遠にお前も愛戀の白い呼吸を續けるでめらう
おお向日葵よ！
お前の情熱を以て私の肉體を燃やし
眞理の焰たらしめよ！
その瞬間に私は灰色の實在から解放され
鷹の如く光の世界へ飛翔する──

　　　太陽、梵谷、向日葵，象徵著什麼？不言而喻。詩人、藝術家的王白淵就是梵谷，就是向日葵，永遠朝著太陽！

詩人

玫瑰沉默地開著
無言地飄零
詩人不爲人知地活著
吃著自己的美死去

蟬在半空中歌唱
不顧結果就飛去

詩人在心中寫詩
寫好又擦去

月亮獨自走著
照著夜晚的黑暗
詩人獨自歌唱著
傾訴眾人的心語

詩人

パラは黙つて咲き
無言の儘で散つて行く
詩人は人知れ生さ
自分の美を食つて死ね

蟬は中空で歌ひ
結果を顧みずに飛び去る
詩人は心の中に詩を書き
書いては又消して行く

月は一人で歩み
夜の暗黒を照らす
詩人は孤獨で歌ひ
萬人の胸を語る

　　詩人比喻玫瑰花暗自開著，要吃著自己的美（理想）死去，像蟬一般以短促的生命大聲地歌唱自己的歌，像月亮一樣燃燒自己，照亮黑暗，要成為大眾的代言人。荀子有道：「無

冥冥之志者，無昭昭之明；無昏昏之事者，無赫之功。」就因為這個世界充滿著矛盾、醜惡、黑暗，詩人才要歌唱，才要吃著美，才要燃燒自己照亮黑暗，坦坦然死去。這首詩唱出了那個時代裡，詩人的自我認知，肯定的任務，也肯定——詩人無可逃避的宿命。

四、結語

　　無疑地，王白淵像梵谷殉情藝術，像向日葵永遠朝著發光的太陽，像蟬聲嘶力竭地以生命歌唱萬人的時代之歌。詩人走過兩個不同的時代，卻都免不了遭受黑牢的災厄，以致賚志而死。至今，它還淌著淌不盡的血，而能夠安慰他的，只有長著青苔，刻著：「爸爸！您長眠於此，土地冰冷石塊清涼，您的靈魂棲於我心，光芒照耀溫暖芬芳，荊棘的道路您已經走盡，但您的意志永存世上。」這一塊愛女慧變慰詩靈的墓碑。

　　但願靈魂被撕裂的詩人仍然有不朽的發光底夢！

2001.5.12，凌晨於府城

編 後

莫 渝

王白淵的日文著作《棘の道》，原書編排順序如下：

〈序〉（謝春木）

〈序詩〉（王白淵）

詩63首1～65頁

〈偶像之家〉（短篇小說）66～74頁

〈詩聖泰戈爾〉（論文）74～103頁

〈人道鬥士──甘地〉（論文）103～152頁

〈到明天〉（日譯左明的中文獨幕劇本）152～172頁

〈贈印度人〉（詩）172～173頁

〈站在揚子江〉（詩）174～175頁

　　這樣的編排，陳才崑教授領會出王白淵的用意：由「藝術取向」擴展到「政治取向」，有當時時代背景的考量。

　　從整體看，以「日文詩集」稱呼《棘の道》似乎有誤差，因為六十六首詩佔全書不到一半的篇幅；不過，「詩」是主架構，謝春木的〈序〉仍以「詩集」稱呼之。隔七十餘年，基於敬重台灣詩文學的工作者，尤其是前輩作品的整理，本書的編輯仍以巫永福先生的翻譯為主體，加上陳千武等人的少量譯筆與評；至於陳才崑教授的《王白淵·荊棘的道路》以及「評論索引」中表列人士的研究，都列入參考。

　　由於長期閱讀翻譯作品，並親自參與譯介工作的經驗，最大心得是譯品從來不曾也不應有欽定版，原創作可以定稿，譯作與此絕緣，任何人可能找機會試一試。《荊棘之道》詩集

內，依順序，第二首〈地鼠〉，王白淵頗爲偏愛，戰後初期，曾親自翻譯（或改寫／重寫），發表於一九四五年十二月的《政經報》，雖然如此，或許少爲人知，仍然有多位人士的譯筆，類此狀況，集合多家譯品，並無比較之意，僅僅希望如此處理，能夠多角度地接近原作。

　　本書的集印，礙於篇幅限制，以《棘の道》的詩爲主，其他相關文章與研究資料，都不難取得。在此，感謝多位熱心朋友的協助，共同延綿台灣文學的薪火。

2001年4月21日

後 記

　　二〇〇一年整理王白淵詩集《荊棘之道》，已完成編輯作業，即可出版，列入桂冠圖書公司「九九文庫」，與楊華《黑潮集》、《陳千武精選詩集》、《薔薇不知——台灣情詩選》等書爲鄰。惜，未克如願臨門一腳。接著，時空遞嬗，近乎絕緣，一直深感遺憾，也愧疚曾對前輩巫永福先生的承諾。

　　近聞康原、明德等人積極推動「彰化學」的雄心壯志，依地緣，提出此書稿，很快地獲得回音，並徵得日本學者橋本恭子的同意，將其論文納入，增添光彩。

　　在〈莫渝讀詩冊〉短文裡，曾列舉五首「喜愛他人詩篇目」中，王白淵的〈地鼠〉是其中之一，對其詩作既感偏愛，也對其坎坷生涯有無限的唏噓。

　　本書譯詩架構以巫老譯筆爲主，兼及陳千武、月中泉幾位，並無較量意味，純是「集錦」，以「創作僅此一件，但譯作卻衍生多筆」，藉不同譯筆，應能加深領會原作的精髓。

　　從二〇〇一年至二〇〇八年，六年間外在環境與個人心境的變化，都相當巨大。略書數語陳述本書稿的作業，再次感謝推動「彰化學」的諸君子。

2008年7月8日

王白淵年表

莫 渝

年份	
1902年	11月3日，出生於日治時期台中廳東堡大坵園庄水坑仔（今彰化縣二水鄉）。
1910年	4月，入學二八水公學校（現今二水國民小學）。
1917年	4月，考入國語學校師範部（台北師範學校、省立台北師範專科學校、國立台北師範學院）。與同學謝春木（謝南光）相交甚篤。
1921年	3月，台北國語學校師範部畢業，派任彰化溪湖公學校教師。
1922年	4月，轉任二八水公學校教師。
1923年	1月，與陳草結婚。 4月，台灣總督府推薦入學東京美術學校圖畫師範科（「東京藝術大學」之前身）。抵東京。
1924年	夏，返台。
1925年	夏，返台，與陳草離婚。
1926年	4月，東京美術學校圖畫師範科畢業。
1926年	12月15日，受聘擔任岩手縣盛岡市女子師範學校教諭（正式教員）。
1931年	5月25日，日文詩集《棘の道》由盛岡長內印刷所印製。 6月1日，日文詩文集《荊棘之道》由久保庄書店出版。
1932年	3月25日，到東京，與台灣知識份子和留學生發起籌組「東京台灣人文化社團」。
1932年	9月22日，被懷疑是共產黨份子，遭日本便衣特務警察在教室當著學生面逮捕，收押24天（至10月14日）。學校教諭工作被解聘。 11月27日，抵東京，與原先「東京台灣人文化社團」成員張文環、吳坤煌、巫永福等籌組「台灣藝術研究會」。
1933年	3月20日「台灣藝術研究會」在東京成立，王白淵未克出席參加。 7月15日，「台灣藝術研究會」發行的日文雜誌《福爾摩沙》創刊號出版。（以後續出二期，即停刊。）未久，赴上海，任職華聯通訊社。

1934年	3月15日，王白淵與久保田良的女兒芳枝在盛岡出生（1995年6月26日去世）。
1935年	9月，獲聘擔任上海美術專科學校教職。
1937年	8月13日，上海「八一三事件」。被日軍逮捕送回台灣，關入台北監獄。
1943年	6月，釋放。出獄後，覓不著工作，經龍瑛宗介紹，擔任《台灣日日新報》編輯。《台灣日日新報》改爲《台灣新報》。
1945年	8月15日，日本無條件投降。 10月25日，台灣脫離日本殖民統治。 《台灣新報》改爲《台灣新生報》，王白淵任編輯部主任，認識校對的倪雲娥小姐。
1946年	2月8日，與倪雲娥小姐結婚。（王昶雄言：1944年8月） 4月，參選省參議員，落選。 5月1日，長男以仁出生。
1947年	2月28日，「二二八事件」爆發。 3月1日，中文〈台灣演劇之過去與現在〉發表於《台灣文化》第2卷第3期。 4月，受「二二八事件」牽連，被捕入獄100天。《台灣新生報》改組，王白淵離職。
1948年	長女慧變出生。
1950年	10月，因台共蔡孝乾案，被牽連入獄二年餘。
1954年	由謝東閔保釋，出獄。
1955年	3月，約五萬字的《台灣美術運動史》發表於《台北文物》第3卷第4期。
1963年	再度入獄11個月。
1965年	10月3日（農曆9月9日），下午9時50分，因腎結石引發尿毒症，病逝台大醫院。 10月8日，追悼告別儀式後火葬，葬於淡水鎮竹圍米粉埔公墓。（墓園已於1992年3月遷移）

王白淵作品評論索引

莫 渝製

編號	篇名	作者	撰述、發表刊物日期	備註
1	「荊棘之道」日文詩集作者——王白淵	黃武忠	1980年	收進黃著《日據時期台灣新文學作家小傳》
2	以畫筆寫詩的詩人——王白淵	羊子喬	《自立晚報副刊》1980.12.25	收進羊著《蓬萊文章台灣詩》
3	張文環與王白淵	龍瑛宗	《台灣文藝》76期 1982.05	
4	家國風霜五十年——日據時期台灣新詩遺產的重估	宋冬陽（即陳芳明）	《台灣文藝》83期 1983.07	收進宋冬陽著《放膽文章拼命酒》；收進陳著《左翼台灣》
5	王白淵——民主主義的文化鬥士	謝里法	《台灣文藝》85期 1983.11	收進謝著《台灣出土人物誌》
6	「王」姓儒生，「白」色遭遇，「淵」底生涯	王昶雄	《台灣文藝》85期 1983.11	
7	緬懷王白淵	巫永福	《民眾日報副刊》1985.03.20	收進巫著《巫永福全集》
8	一尊未完成的畫像	陳才崑	《自立晚報副刊》1991.01.13	收進陳譯《王白淵·荊棘的道路》
9	文化地鼠王白淵搬厝	陳才崑	《自立早報副刊》1992.04.03	收進陳譯《王白淵·荊棘的道路》
10	走出荊棘之道：王白淵新詩論	呂興昌	1994.11.03	收進《種子落地》
11	台灣新詩的出發——試論張我軍與王白淵的詩及其風格	趙天儀	1995	收進趙著《台灣現代詩鑑賞》
12	《王白淵·荊棘的道路》導讀	陳才崑	1995.06	收進陳譯《王白淵·荊棘的道路》
13	荊棘之道	劉捷	1995	
14	王白淵——走過荊棘的詩人	彭瑞金	1998	收進彭著《台灣文學步道》

彰化學

15	王白淵論及年表	羅秀芝	1999.05	收進羅著《台灣美術評論全集——王白淵卷》（藝術家版）
16	王白淵兩首詩選讀（原標題〈日治時期台灣新詩選讀〉）	莫渝	《北縣文化》62期 1999.09.30	收進莫渝著《台灣新詩筆記》
17	「吃著自己的美死去」——讀王白淵的一首詩	李恆源		台北醫學院 台灣文學研究社
18	盛岡時代的王白淵（上）、（下）	小川英子（毛燦英）、板谷榮城作，黃毓婷譯	原日文，《台灣文學的諸相》，1998.中譯，《文學台灣》34、35期，2000年4月、7月	
19	尋找魂的故鄉：王白淵日本時期的思想形成以《荊棘之道》爲主	橋本恭子	2000.08.21.完稿 2000.10.10.上網	台灣文學研究工作室 呂興昌教授指導
20	嗜美的詩人——王白淵論	莫渝	2001.04.21.完稿，《台灣新聞報·西子灣副刊》2001.05.08。《台灣文學評論》，2001.10	
21	反現代與反殖民論述的演繹：王白淵的泰戈爾論與甘地論	柳書琴	《成大歷史學報》28期2004.06	

2001.03.12.初製

國家圖書館出版品預行編目資料

王白淵　荊棘之道 / 莫渝編.－－初版.－－臺中市：
晨星，2008.11
面；　公分.－－（彰化學叢書；010）

ISBN　978-986-177-221-9(平裝)

863.4　　　　　　　　　　　　　　　97012321

彰化學叢書
010

王白淵　荊棘之道

編者	莫　　渝
編輯	徐　惠　雅
排版	王　廷　芬
總策畫	林　明　德　・康　　原
總策畫單位	彰化學叢書編輯委員會

發行人	陳銘民
發行所	晨星出版有限公司
	台中市407工業區30路1號
	TEL：04-23595820　FAX：04-23550581
	E-mail：morning@morningstar.com.tw
	http：//www.morningstar.com.tw
	行政院新聞局局版台業字第2500號
法律顧問	甘龍強律師
承製	知己圖書股份有限公司　　TEL：(04)23581803
初版	西元2008年11月10日

總經銷	知己圖書股份有限公司
	郵政劃撥：15060393
	（台北公司）台北市106羅斯福路二段95號4F之3
	TEL：(02)23672044　FAX：(02)23635741
	（台中公司）台中市407工業區30路1號
	TEL：(04)23595819　FAX：(04)23597123

定價 250 元
ISBN 978-986-177-221-9
Published by Morning Star Publishing Inc.
Printed in Taiwan

◆讀者回函卡◆

以下資料或許太過繁瑣，但卻是我們瞭解您的唯一途徑
誠摯期待能與您在下一本書中相逢，讓我們一起從閱讀中尋找樂趣吧！

姓名：_____ 別：□男 □女 生日： / /

教育程度：_____

職業：□學生 □教師 □內勤職員 □家庭主婦
　　　□SOHO族 □企業主管 □服務業 □製造業
　　　□醫藥護理 □軍警 □資訊業 □銷售業務
　　　□其他_____

E-mail：_____ 聯絡電話：_____

聯絡地址：□□□_____

購買書名：王白淵　荊棘之道

‧本書中最吸引您的是哪一篇文章或哪一段話呢？_____

‧誘使您 買此書的原因？

□於 _____ 書店尋找新知時 □看 _____ 報時瞄到 □受海報或文案吸引

□翻閱 _____ 雜誌時 □親朋好友拍胸脯保證 □ _____ 電台DJ熱情推薦
□其他編輯萬萬想不到的過程：_____

‧對於本書的評分？（請填代號：1.很滿意 2. OK啦！ 3.尚可 4.需改進）

封面設計 _____ 版面編排 _____ 內容 _____ 文/譯筆 _____

‧美好的事物、聲音或影像都很吸引人，但究竟是怎樣的書最能吸引您呢？

□價格殺紅眼的書 □內容符合需求 □贈品大碗又滿意 □我誓死效忠此作者
□晨星出版，必屬佳作！ □千里相逢，即是有緣 □其他原因，請務必告訴我們！

‧您與眾不同的閱讀品味，也請務必與我們分享：

□哲學 □心理學 □宗教 □自然生態 □流行趨勢 □醫療保健
□財經企管 □史地 □傳記 □文學 □散文 □原住民
□小說 □親子叢書 □休閒旅遊 □其他_____
以上問題想必耗去您不少心力，為免這份心血白費

請務必將此回函郵寄回本社，或傳真至（04）2359-7123，感謝！
若行有餘力，也請不吝賜教，好讓我們可以出版更多更好的書！

‧其他意見：

晨星出版有限公司 編輯群，感謝您！

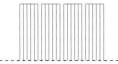
更方便的購書方式：

(1) 網站：http://www.morningstar.com.tw
(2) 郵政劃撥 帳號：15060393
　　　　戶名：知己圖書股份有限公司
　　請於通信欄中註明欲購買之書名及數量
(3) 電話訂購：如為大量團購可直接撥客服專線洽詢

◎ 如需詳細書目可上網查詢或來電索取。
◎ 客服專線：04-23595819#230　傳眞：04-23597123
◎ 客戶信箱：service@morningstar.com.tw